동그라미

KB193299

동그라미

문학들 001
시집선

이대흠 시집

문학들

차례

제4부 상처가 나를 살린다

제1부

동그라미

남도

강물이 리을리을 흘러가네
술 취한 아버지 걸음처럼
흥얼거리는 육자배기 그 가락처럼

산이 산을
들이 들을
물이 물을

흐을르을 흐을르을

전라도에서 절라도까지
리흘리을 리흘리을
목숨 줄 감고 푸는 그 가락처럼

춤꾼 이 씨

북은 치는 것이 아니여
타는 것이제
더덩더덩 덩따쿵따
가락을 따라감서 손을 움직이면
어긋나는 것이여
가락이 몬야 쩌만치 가불제
떵따쿵따 덩따쿵따
그냥 가락에 몸을 얹어사제

춤도 추는 것이 아니여
아아리아아리라아앙 하면
아리랑이랑 고대로 흘러가고
쓰으리쓰으리라아앙 하면
쓰리랑이랑 고대로 쓸려가고
아라리가 났네 하면
아라리 뒤쫓지 말고
먼첨 아라리가 나부러사써

귀로 듣는 아라리에 몸 맞추지 말고
이녁 몸속 아라리가

막 터져 나오는 것이제

연리지 2

무화과나무와 강아지풀 사이에
세 들어 사는 내게
곤자리 묵었다는 배추밭 소식

이른 아침
억달 잎새 위로
도롱테를 몰고 가는 아이

터진 주머니에서 쏟아지는
꽃구슬 햇살들

저 빛
내내 외상이다

구강포에서

망울 선 매화에 낮달이 시어
이별을 말해야지 꽃이 좋으니

저문 강 물빛에 얹힌 내 그림자
갈매기 울음 섞인 노을 살처럼

서러움 묵혀도 싱겁지 않게

연리지 3

육사 교수 지낸 이인수 씨는
박정희 시절 유신 반대로 옥에 갇혔을 때
지금은 북으로 간 이인모 노인과 한 방을 쓴 적이 있었
다고 한다
아침에 일어나면 싸우는 것으로 하루를 시작했는데
한쪽에서 빨갱이 새끼라고 욕을 하면
다른 쪽에선 반동 새끼라고 대꾸를 하며
아침이 걸기도 하였다는데

잎보다 먼저 꽃 피는 진달래나
잎 먼저 내미는 감나무나
욕으로 시작하여 욕으로 끝났을 그 둘의 대화도
봄 깊은 이 나라의 산과 들 같았으리

밤이 되면 추우니
빨갱이 새끼와 반동 새끼가
등을 꼭 붙이고 잠을 잤다는데

연리지 4

산에 들었는데 나무뿌리 하나가 발목을 잡는다

손 털고 나서 되돌아본다

그 뿌리 앙상하게 말랐다
사람들의 발길에 금방이라도 부서질 것 같다

문득 전쟁 통에 팔다리 잃은
한 소년의 입술이 떠오른다
자고 있는데 미사일이 떨어져서……

그 입이 말을 걸었구나
입맞춤을 하였구나

동그라미

어머니는 말을 둥글게 하는 버릇이 있다
오느냐 가느냐라는 말이 어머니의 입을 거치면 옹가 강
가가 되고 자느냐 사느냐라는 말은 장가 상가가 된다 나무
의 잎도 그저 푸른 것만은 아니어서 밤낭구 잎은 푸르딩딩
해지고 밭에서 일하는 사람을 보면 일항가 댕가 하기에 장
가 가는가라는 말은 장가 강가가 되고 애기 낳는가라는 말
은 아 낭가가 된다

강가 낭가 당가 랑가 망가가 수시로 사용되는 어머니의
말에는
한사코 ㅇ이 다른 것들을 떠받들고 있다

남한테 해꼬지 한 번 안하고 살았다는 어머니
일생을 흙 속에서 산,

무장 허리가 굽어져 한쪽만 뚫린 동그라미 꼴이 된 몸으
로
어머니는 아직도 당신이 가진 것을 퍼 주신다
머리가 발에 닿아 둥글어질 때까지
C자의 열린 구멍에서는 살리는 것들이 쏟아질 것이다

우리들의 받침인 어머니
어머니는 한사코
오손도순 살어라이 당부를 한다

어머니는 모든 것을 둥글게 하는 버릇이 있다

밤길

이따금 반딧불이 깜박인다
물소리 따라 길은 점점 어두워진다
산속의 집은 보이지 않는다
까막눈으로 길 걷는다
물의 빛나는 살결은 관능적이다
나는 몇 번이고 헛딛는다
풀잎들의 마음이 드러나는지
길옆의 잎새들 환하게 등 켠다
돌들도 제 나름의 불을 밝힌다
오래 걷다 보면 모든 것이 등불이 된다
저렇게 내 앞을 비추는 것들
길을 걸으며 나는 너무 많은 것들을
짓밟고 간다

폭포

떨어진다는 것은
부수어짐

이전의 나를 버리고
다른 내가 된다는 것이다

삶의 여울을 돌아 나와
세월의 무서운 속도에 몸을 맡기고

뒤돌아볼 겨를이 없다
다시 살 수 없음이여

무서워 말라 상처를
만나면 새롭게 태어나는 것을
그대 만난 나처럼

모래의 금요일 3

찌시*가 익어가고
누이와 나는 진흙을 빻아서
떡을 만들고 아이를 만들고

어머니는 장에 가셨고

고무신을 이어 기차가 가고
찌시밭에 이는 바람
어둠은 어머니보다 빨리 오고

찌시대 부러지는 소리
문 열어 문 열어

무서운 우리는 뒷문으로
어머니라고 우기는 어머니는 무서워

달아나는 우리는 나무 위로 꼭대기로
가지 끝으로 허공으로

무거운 어머니는

툭,
찌시대는 부러지고
엉덩이에 찌시대 박힌

어머니라고 우기는 어머니는 무서워
찌시대 밑동은 붉기만 하고

* 찌시 : '수수'의 전라도 방언

고구마

내게 시를 쓰게 하는 것은
어떤 에너지가 아니다 청탁서다
윙윙 소리도 없는 프레스들이
내 손을 발을 머리를 짜 누른다
시를 써야만 하는 시인은
불행하다 지우고 썼다 지우고
커피만 몇 잔을 축내고 있는 내게
아내는 찐 고구마를 가져온다
고구마!
에 대해서 써 볼까? 몇 년 전 겨울
고구마를 사 가지고 귀가하며
적어 둔 메모가 생각났다

(버스에서 내려 집으로 가는 길에/군고구마 장수 있다
방학 맞은 대학생들인 듯/손 호호 불며 이십여 년 전 어린
내가/쇠죽 쑤며 구웠던 그 고구마 굽고 있다/장작불 속에
온몸 맡겼던 고구마들 이제/커다란 드럼통에 몸 넣고 몇십
년의 그리움으로/몇백 년의 향기로 익어간다 구멍가게 가
면/비스킷 잼 버터 콜라들이/자리 다 차지하고 있는데/거
리의 한 모퉁이에 우리의 이름으로/버티고 있는 군고구마

는 하나의 정신이다/여물 끓이는 장작불 아니면 어떠랴/시대가 바뀌어도/올곧게 익어 가는 사상 하나 만났다/언어밭 일구는 농사꾼으로/군고구마 한 봉지 사며 나는/고구마처럼 익어가고 싶었다)

고구마에 대한 나의 글은
미완성으로 끝날 것이다 그러므로 이 글은
고구마에 대한 이력서다
내가 보여주고 싶은 것은
우리들의 삶처럼 난삽한 형태의
글쓰기이다
과정을 드러내는 것
이것은 나의 모험이다
아무것도 아닌 이야기를
나는 쓴다
어떤 교훈, 어떤 모범을 원한다면
이 글을 읽지 말라
어차피 이건 엎질러진 글이다

고구마는 토종이 아니다.

18세기 말 흉년에 대용식으로 쓸 구황 작물로서의 고구마가 널리 재배되었다. 이광려는 고구마 재배에 대한 연구 사업을 진행하던 가운데 1763년에 조엄이 통신사로 일본에 갔다가 돌아올 때 가져온 종자를 재배하는 데 성공하였다. 그 후 강필리는 여러 해 동안의 연구 끝에 우리나라의 기후 풍토에 맞는 고구마 재배 방법을 창안하였으며 이를 널리 보급하기 위하여 『감저보』를 써서 출판하였다. 고구마 재배에 대한 연구사업은 그 뒤에도 진행되었다. (조선통사 상. 436쪽. 사회과학원 역사연구소. 도서출판 오월)

20세기말, 사상의 구황 작물로 쏟아져 들어오는 것들
고구마들

광고 - 군고구마주의 :
군고구마는 음식이 아닙니다. 사상입니다.
* 특성
1. 인체에 전혀 해가 없는 군고구마주의는 향락주의 기회주의는 물론 한탕주의 방지 및 치료에 사용할 수 있는 이념입니다.
2. 군고구마주의를 먹고 나면 소화력이 좋아지고 도덕성

26

이 보호되며 추억의 피막이 형성되어 쉽게 지워지지 않습니다.

3. 군고구마주의는 천연 소재로 만든 이념으로서 체내에 쉽게 흡수되며 누구나 값싸게 사용할 수 있습니다.

* 주의사항

1. 너무 많은 양을 한꺼번에 복용하지 마시오.

2. 화장실이나 하수구에는 사용하지 마시오.

저대흠 : 왜 그렇게 외국것에 의존하는지 모르겠어요. 구멍가게 가면 에이스 초코칩쿠키 월드콘 하는 식으로 이름까지 외래어 쓴 사상들 많잖아요 사상의 무역 불균형 어제 오늘의 문제는 아니지요 그렇다고 계속 이렇게 삐대기만 할 거예요? 자체 생산해 보자구요 감초니 쑥이니 더덕이니 그런 것들로 쓸만한 것 하나 만들자구요

이대흠 : 우리 것만 찾으면 국수주의로 몰려 국수 먹기 알맞지요 재료야 우선 외국산 쓰더라도 하나씩 하나씩 국산화하는 거죠 과정이란 게 있잖아요 군고구마주의라고 붙이니까 우스워요? 탄력이 있어야죠 빳빳하게 우리 것만 찾다가는 우리 속에 갇히죠 탄력 없는 건 죽음이에요 풍자

도 탄력이 있어야 살지요 리얼리즘도 그냥 리얼리즘이라
고 하지말고 탄력적-리얼리즘이 되어야 해요 군고구마주
의도 탄력 없으면 끝이에요 끝

　무슨 말을 하려 하는가 나여?

　나는 이전의 시를 믿지 않고
　나의 시를 믿지 않는다 이 글은
　나의 시에 대한 테러다
　아니다 이건
　자위행위다 나는
　낯선 화장실 안에서
　딸딸이를 친 것이다 이 글은
　수정되지 않을
　생명체로 태어나지 못할
　불행한 운명을 타고났다
　수세식 변기의 물에 섞여
　바다로 갈 나의 배설물이여
　빛에 대한 그리움이
　그대를 썩게 하리라

군고구마는 죽은 고구마다 그러므로 군고구마주의는,

나무들은 이따금 파업을 한다

인간의 죽음을 이제는
인간의 죽음이라고 쓰지 말자
탐욕의 죽음이라고 쓰자
부채 상환이라고 쓰자

한때 우리는 이러하였다; 자연이여
우리는 너희와 함께한 이 세계의 경영자
경영이란 피를 말리는 것이다 우리가 하는 이 일을
호랑이가 할 수 있으랴 개미가 할 수 있으랴
우리는 너희의 신이었고 하늘이었다
때로 너희 중의 한두 부류가 우리로 인해
세상에서 사라졌다고 탓하지 말라
가치 없는 자들은 해고되어야 한다
날뛰지 말라 나무들아 새들아 너희가 한 것이 무엇인가
우린 언제고 너희 중 한둘을 세상에서
지워 버릴 수 있다 이따금 너희에게 환경 보호니 녹색혁
명이니
몇 개의 구호를 내세웠지만 고백하건대 그것은
우리를 보호하기 위함이었다 너희들이 지금
우리의 말을 듣지 않고 거리로 뛰쳐나온다면

우리는 과감히 잘라 버릴 수 있다
우리는 모든 것을 보호하지는 않을 것이다
농지 정리된 논에서 잘 자라는 저 벼들을 보라
농장에서 줄 맞춰 생산에 몰두한 저 배나무들을 보라
착한 자들만으로도 우리는 충분하다

이제야 고백하거니;
숨 쉬는 것부터 먹는 것 하나까지 우리는
끝없이 착취하고 있다 아무런 죄스러움 없이
우리는 웃고 마신다 쉼 없는 노동자 자연이여
우리 몸이 생산하는 건 오줌똥뿐
그것마저 너희에게 돌려주지 않은 지 오래이다
너희는 끊임없이 생산하였고
우리는 한때 너희를 죽이기 위한 음모를
날치기처럼 통과시켰다

다 망친 지금에야 반성하나니
자연이여 부디
우리를 용서하지 말라

손금

안간힘으로 어머니를 쥐었다 놓은 흔적이다

생일을 맞을 때마다 손금을 본다 놋그릇 냄새가 난다 가
뭄 든 저수지 바닥 같다

어머니의 손이 유독 갈라졌던 때가 있었다 검은 금이 가
고 더 많은 상처가 생겼다 잔금이 많아졌다 모를 찔 때였
다

밤새워 아버지의 옷을 다렸던 어머니는 보리쌀 삶아 두
고 무논에 갔다 고추 잎 무쳐 아침을 차렸다 무릎 박자를
맞추며 아버지는 사장으로 가고 젖먹이 동생 업고 어머니
는 밭매러 갔다

벼랑에서 떨어지다가 나뭇가지를 움켜쥔다면 이런 자국
이 생길 것이다

두 개의 무덤

1
어머니의 젖무덤은
오래된 무덤이다
봉분이 다 가라앉아
평지와 구별되지 않는다

결혼 생활 오십여 년에
희망이나 바람 따위
모두 그 무덤에 묻혔다

2
이 땅의 여자들
두 개의
무덤을 가지고 다닌다

(하나는
사랑을 잠재우기 위해
다른 하나는 자신을
묻기 위해)

제2부

물속의 불

우리는 꽃술처럼
– 불 속의 물

우리는 꽃술처럼 돌아다녔네
처음의 공기로 호흡을 하고 처음의 물을 마셔
건강하였네
그대는 싱싱한 열매를 구하였고
그대는 우리의 아기를 임신하였네
내가 잡은 짐승들은 우리의 양식
겨울 가고 봄이 오고
배가 산만큼 부푼 나는
구름 위에 누워서 우리의 아기를 낳았네
우리는 꽃술처럼 돌아다녔네
자와 저울은 없어도 좋았네
우리의 언어는 우리의 몸
만지고 핥으며 때리고 잡으며
발랄한 근육들이 먼저 말을 하였네
바람처럼 가벼웠고 산처럼 말이 없이
범처럼 사납고 나무처럼 온순하게
우리는

꽃술처럼 돌아다녔네
하늘을 나는 물고기 날개를 단 사람들

땅속을 헤엄치는 새들 하늘 바닥을 구르는 별들

독수리 까마귀 호랑이 날다람쥐

뱀 모기 개구리 미꾸라지 피라미

잠자리 해파리 미역 미역취

소나무 대나무 조개 고동 소금장수

박테리아 진딧물 바이러스 수소 산소

하얀 사람 검은 사람 붉은 사람 또 한 사람

우리는 꽃술처럼 돌아다녔네

못 박는 소리로 비가 내리고

− 오래된 경전 1

못 박는 소리로 비가 내리고
탕탕탕 제 몸에 못을 박아 관이 되는 나무들
돌 속에 앉은 우리는 밥을 먹는다
아카시아 뿌리가 돌 속을 파고들면
진한 그 향기에 취해
우리는 짐승이 되어 밥을 먹는다
침침한 눈을 가진 나는
숟가락으로 누이의 엉덩이를 파먹고 싶어
빗속을 부유하는 가계
오리의 등에 올라타는 장닭
뱀의 몸을 쪼아대는 참새들

아버지에겐 세 명의 여자가 있었다
할머니 어머니와 누이
나는 누가 진짜 나의 어머니인지 모른다
관습이란 강요하는 버릇이 있다 지켜지는 것들은
지켜야 할 것은 아니다 내 가슴에 박힌 못은
내가 박은 것들이다

좌우로 몸을 흔드는 나무의 우듬지

노래하는 새들은 집으로 돌아가고
새로운 노래는 돌 속에 들어 있다 이아이아
오래된 노래를 부르는 누이
나는 그녀의 치마를 걷어올리고
더러운 처녀인 누이의 몸은
썩어가고 있다 꿈틀대는 구더기들
구더기들이 흰 꽃처럼 피어 있다

구름에 가린 하늘에선
별똥별이 쏟아지고 있으리라

누이는 오랜 세월
– 오래된 경전 2

누이는 오랜 세월 나의 장난감이었다 단둘이 남게 되면 나는 누이를 개처럼 취급했다 접시에 국 묻은 밥을 놓고 핥아먹게 하였다

손을 뒤로하고 혀로 핥아먹어!
말을 모르는 그녀는 우우우 입만 벌렸다

자음이 없는 말들

굶기지 않는 것을 고맙게 생각해
울먹이며 밥을 먹는 그녀의 등뒤에서 나는 힘껏 발로 찼다

모음만을 언어로 가진 그녀는 ㅇ처럼 구부러졌다

내 발가락을 빨아!
우아 우아
동그랗게 동그랗게
하늘을 오려 내며 비가 내렸다

한 번은 누이가 나에게
− 오래된 경전 3

한 번은 누이가 나에게 대든 적이 있었다
핏발 선 그녀의 눈빛에 잠시 당황했지만
나는 참을 수 없었다
둥근 접시들이 날카롭게 박살났다

위아래도 없이……
나는 누이의 뺨을 쳤다
쇠파이프로 팔이며 다리를 부러지라고 두들겼다

독한 년!
울면서도 잘못했다고 말하지 않은 그녀는
잘 저민 고깃덩이
질겅질겅 씹어댔지만 나는
분이 풀리지 않았다
몽둥이로 천장을 쿵쿵 찔러 댔다

말해 봐
이 집을 깡그리 부숴 버릴까?
장독대엔 검은 침묵의 항아리들

나는 모조리 깨뜨리기 시작하였다
그녀가 잘 닦아 둔 간장독이 깨지고
김장 독 젓갈 독이 부서지기 시작하자
그녀는 무릎을 꿇었다

생각해 봐
도대체 어떻게 세상을 살려고?
두 손으로 빌면서 그녀는 울먹거렸다

나는 담배를 한 대 피우고 나서
그녀의 어깨를 오래도록 감싸안았다

공기의 무게가 어깨를
– 오래된 경전 4

공기의 무게가 어깨를 짓누르는 날
태양은 땅속으로 한없이 스며들고
나무들은 푸른 그물로 햇볕의 물고기를 잡는다
천역에 지친 어깨들
오래 살았으나 말이 없었다

성스러운 밤 누이의 육신은 논바닥에 눕혀졌다
얼어 있는 보리의 이파리가 누이의 몸을 찔렀다
나를 물어뜯어 우우
그녀의 얼굴을 주먹으로 갈긴 후
흐르는 피를 빨아먹었다

사랑해!

유리 조각으로 천천히 그녀의 몸에 금을 그었다
별처럼 반짝이는 유리 조각의 행로
별들의 행선지는 알려지지 않았다
오늘은 특별한 날이야!
그녀는 고개를 가로저었다

독한 년!
너는 알 수가 없어 너는 너무 검어
블랙홀이야
누이의 몸속은 텅 비어 있었다

내가 딛는 곳은 모두 허방이었다
늪이었다

고랑 깊은 보리밭에 눈이 쌓이고 있었다

아빠, 라고 불러 봐!

한때 나는 나의 어린 누이와

– 오래된 경전 5

한때 나는 나의 어린 누이와 동굴에서 살았다
누이였고 아내였고 어머니였던 여자
한때 나는 누이의 젖을 먹고 자랐다
새벽이면 불을 안고 나갔다가
밤이 되면 불을 안고 돌아왔다 기름 같은 나의 누이는
밤새워 나를 타오르게 하였다 그때마다 나는 커다란 불
이 되어
세상을 만나곤 하였다 한때
동굴 속 기름 종지에 불을 당기면 세상은
누이와 나의 것이었다 나는 그녀를 모셨고
그녀는 나의 발바닥을 빨았다

한때 나는 왕자의 몸이었고 이웃 나라의 공주인 그녀를
사랑했네

사랑 앞에선 다 지워져요 명예도 지위도 검불이에요 사랑 앞
에선 그 누구도 처음이에요 첫사랑이고 첫 사람이에요 사랑 앞
에선 나를 다 지우고 그대의 내가 되죠 사랑 앞에선 아버지의
나라를 망가뜨리고 사랑 앞에선 양파 껍질 같은 나의 가면을
벗죠 나는 없어요

공주여 이제는 그대 몸 안의 북을 찢어라

사랑 앞에선 나는 늘 처녀예요 처음으로 나는 이성을 보죠
이전의 모든 사랑은 불륜이에요 사랑 앞에선

몸을 망친 그녀를 그녀의 아버지는 용서하지 않았네

한때 나는 누이의 젖을 먹고 자랐다 무럭무럭 자란 나는
이윽고 아버지가 되었다

그해 겨울 누이는 공장에 다녔고
— 오래된 경전 6

　　그해 겨울 누이는 공장에 다녔고 나는 군인이었다 쓰레
기통을 뒤져서 살아가는 개들은 그릇에 담긴 밥을 먹지 않
았고 누이가 미싱을 타고 천들을 깁는 동안 나는 쓰지 않
는 총기에 기름을 칠하였다

　　나는 담배를 피우기 때문에 그녀보다 더 많은
　　돈이 필요했고 술을 마시기 때문에 그녀에게
　　더 많은 돈을 요구했다 술과 담배와는 거리가 먼 그녀는
　　생리대를 사는 데만 용돈이 필요했고 나는
　　누이가 준 용돈으로 창녀를 사곤 하였다 나는
　　목숨 걸고 그녀를 지키는 군인이었고 총과 군화를 닦았
고
　　그녀의 손가락을 관통한 미싱 바늘은 부러지지 않았다
　　구멍 난 손가락에서는 한참 만에 피가 솟았고
　　아랫입술을 지긋이 악문 누이는 미싱 기름에 손가락을
　　담갔다 그해 겨울 눈은 낮은 곳에 쌓여 더러워졌고
　　밝아지는 태양 아래 검은 구름의 윤곽은
　　선명히 드러났다 그녀는 생리대를 사는 데만
　　돈이 필요했고 나는 적이 없는 산속으로
　　총을 쏘아 댔다 술과 담배는 끊을 수 없는 것이었고

가용이 부족하다는 누이에게 나는
아껴서 살라고 몇 번이나 당부하였다
남들보다 야근이라도 더 해야 되지 않겠냐고
내가 제대할 때까지는 어쩔 수 없지 않겠냐고

그해 겨울 누이는 공장에 다녔고 나는 그녀를 지키는 군
인이었다

가장 좋은
– 오래된 경전 7

가장 좋은 음택은 여자의 자궁 같은 곳
사람들은 해마다 무덤의 무성한 풀을 베어 낸다
어쩌면 누이의 몸 안엔 죽은 할아버지가 있을지도 몰라

나는 날이 선 면도기를 들었다

마당 가에는 몸통만 남은 빗자루
대밭의 대나무는 무성한데
토란 잎새를 푸르게 말며 떨어지는 빗방울
깨어지는 하늘 조각
기둥 썩은 마루에서 뛰어내린 나는
두엄더미 앞에서 허물뿐인 배암을 보았다

있다 발바닥
― 미친 꽃 1

있다 발바닥 투명한 발바닥
곰의 발바닥이 곰의 발바닥
신의 발바닥이 신의 발바닥
발바닥은 있었다 있는 발바닥
투명한 발바닥
그것을 지탱해주는 그것의 발바닥
그것 아닌 것만 만나는 그것의 발바닥

누군가를 사랑한다면 발바닥에
입을 맞추라 붉은 혀로
그가 살아온 내력에 침을 묻히라

둥둥둥 북을 울리며 지나가는
햇살의 발바닥
있다 발바닥 투명한 발바닥
영혼의 발바닥 있는 발바닥
곰의 발바닥이 신의 발바닥
신의 발바닥이 곰의 발바닥

감추어진 그러나

모든 것을 들어 올리는
드러나지 않는 커다란 발바닥
불새의 발바닥

.

겨울이 삭아 피어나는
– 미친 꽃 2

겨울이 삭아 피어나는 오월의 꽃들

창고 한쪽에선 호미가
녹슬고 있어요 다 닳은 호미가
한때 내 몸에 이랑을 만들었던
오래된 당신의 손바닥 같은

당신은 변했어요 녹이 슨 호미
공장에선 호미를 녹여 총을 만들었죠

언제든지 당신은 나를 지켜주었죠
당신이 있는 동안 그 누구도 나를
어찌하지 못했죠 갇힌 나는 안전했고
당신은 든든하게 나를 지켜주었죠
부서지지 않는 감옥, 당신은

잘라도 잘라도 자라나는 식물들은
날 선 가위보다 오래 살아남지요
가위가 녹슬 때 식물들은
잎을 내밀고 꽃을 피워요 이상한 밤이에요

여자들은 생리대를 타고 구름 위를 날아다니고
붉고 검은 똥을 매일 싸대지요
나의 날개는 내가 잘랐어요
잘랐더니 어깨에서 촛농이 흘렀어요

나는 참신한 여자였죠
– 미친 꽃 3

나는 참신한 여자였죠
당신이 구해 온 지렁이 즙을
온몸에 바르고서 물속 같은 세상을
미끈거리며 헤엄쳤죠

거리에 나서면 물방울처럼 바스라지던
사람들의 시선, 발걸음 가벼웁게
날아갈 것 같은 봄날 당신은 나에게
반지를 주었지요 탄피를 잘라서
문지르고 문질러 만들었다는 반지
꽃들은 다투어 피어났지요

나는 한없이 아름다워진 것 같았어요
팬티를 입을 때도 당신을 의식했죠
당신이 싫어했던 겨드랑이의 털
말끔히 깎고 나니 나는 달라져 있었죠
당신은 나를 위해 드레스를 준비했죠
가시로 꿰매는 하나뿐인 날개옷

마당 한 귀퉁이 시멘트에 포위된 정원

피어난 꽃들은 진딧물이 많았어요
나는 부지런히 물을 주곤 하였지만
정원의 꽃들은 싱싱하지 않았어요

순리를 아는 현명함이
나의 단점이었어요 오래된 아름다움
벌초 끝난 산소의 평화!
풀들은 무덤에게 필요악이었죠

이웃집 개가 석류나무 뿌리 근처를
앞발로 파헤치더니 드립다 똥 한 무더기를
남겨 놓고 갔어요 그때 당신은 내게 말했죠
왜 대문을 열어 두었냐고……
그런데 나는 밖으로 나간 적이 없었지요

당신은 삽으로 똥을 걷어 냈어요
아이구 냄새. 구린 냄새
그러면서 몇 번이고 고함치며 화를 냈고
당신의 호통에 종일 힘이 없었어요

당신은 너무도
– 미친 꽃 4

당신은 너무도 자신만만했어요
언제든 다른 여자를 구할 수 있다고!

말대꾸만 하여도 손바닥이 날아왔죠
이제 먹고살 만하니까 대든다는 당신의 말
참을 수가 없었죠 처음으로 나는
소리를 질렀지요 더는 참을 수 없다고
그러면 당신은 몽둥이를 들었지요

어떻게 이룬 인생인데 네까짓 게 뭐 했다고
당신은 더욱 언성을 높였지요
나는 아무것도 이루어지지 않는 인생이었죠

찰지고 말랑말랑한 진흙 덩어리
지붕을 들고 있지 못하고 TV 받침대도 되지 못하는
귀싸대기 한 대 맞고 구석에 철퍼덕 달라붙은
어떤 형태로도 변할 수 있는
나의 나

여자는 자고로

- 미친 꽃 5

여자는 자고로 여자는 자고로
아버지의 말들은 오래된 경전이었죠
여자는 자고로 여자는 자고로
당신은 아버지와 종교가 같았어요
나도 한때 똑같은 신자였지요 평화로웠죠

경전을 찢기 전엔 두려웠어요
화냥년! 이라는 천벌을 받을까 봐
나뭇가지 부러지는 소리에도
가슴이 철렁했죠

여자는 자고로 여자는 자고로
잘못하면 가치가 떨어지는 법이다
아버지가 말했어요 나도 알고 있었지요

두려움에 떨면서 나는 선택했죠
어차피 나는 없었으니까
내가 선택한 나는 최초예요

당신은 길길이 날뛰었죠

비꼬고 협박하고 달래고 감싸면서
부엌의 그릇들은 산산이 박살났죠
나는 참을 수가 없었죠 신문지를 던졌고
TV를 넘어뜨렸죠

끝끝내 당신은 눈이 뒤집혔죠
어떻게 마련한 것들인데 이년이
결국에 칼을 들고 날뛰었죠
나는 이빨로 당신의 팔을 물어뜯었죠
갑자기 가슴이 습벅 아려 왔지요

얼룩진 피, 상처가 차라리
꽃으로 보였어요

크고 음습한 동굴
— 미친 꽃 6

크고 음습한 동굴
내 손 내놔라!
귀신의 손이 불쑥 올라올 것 같은
뚜껑이 열린 지옥 나는

모든 씨 받아들여 너덜너덜해진
검은 몸 흰 몸 붉은 몸
가리지 않아 늘 비릇대는
더러워서 순결한 어머니

오래도록 서 있으니 부지런한 이끼들
땅속에서 솟아나 상승하는 물줄기
빛의 살에 꽂혀
썩어가는 살처럼 흐늘거리는 그늘

오래전 나는 뿌리로
– 불 1

오래전 나는
뿌리로 번식하는 나무였을 것이다
봄비에 젖은 대지 같은 그대
이렇게 그대 안으로
뿌리 뻗으려 애를 쓰니!

나의 뿌리는 타오르는 혀
내 혀는 불덩이야
그대 몸 구석구석 타오르게 하지
때로 그대는 검불 같고 때로 그대는
송진 많은 소나무 때로 그대는 비에 젖어
무거운 침목

비는 왜 이렇게 무거운지
- 불 2

　비는 왜 이리 무거운지 빗속에서 내 마음은 불이 붙었어 화농처럼 끓는 불 그대를 끓여 내 병을 낫게 해야지 비는 무겁고 땅은 가벼워 빗속으로 지구가 휙휙 날아가는 게 보여 모든 것을 잃어버렸을 때 세상은 얼마나 밝아져 있던가 세계는 슬픔만이 무성해 별 없는 하늘에서 빗방울이 빛을 내지 빗방울 깨어지자 빗방울만 한 세계가 우네 그대라는 검은 구멍 병든 마음은 그대의 막장을 핥아 살아나고 싶어 하네 죽음만이 흔적으로 남는 비

소나기처럼 많은 발자국
– 불 3

소나기처럼 많은 발자국 남기며
나는 걸었네 하루 이틀 열흘을 걸어
그대에게 가는 길 질투는 눈이 많고
집착은 눈이 없네 마음은
부레옥잠처럼 흙탕물에 부풀고
물집은 이중 삼중 터지곤 했네
소나기처럼 지나간 날들
군화 끈으로 묶어 두었던 불같은 욕망들
발은 불덩이 되고 나는 없고
온몸이 마른 장작처럼 뻣뻣한데
발끝에서부터 타오르는 열기
몇 번이고 발을 헛딛고
물집과 무좀은 무럭무럭 자랐네
열흘을 가고 한 달을 가도 그대는 없고
낯선 집 처마 아래 지나온 내 걸음보다
더 많은 비 피해 섰네
더러운 상처를 실없이 엮어 내는 빗방울들
저 하염없는 헛바느질

나는 무좀이므로
— 불 4

나는 무좀이므로 무좀 걱정 없어요

꽃 피는 시절 즐거워라

잘 먹고 잘살고 있어요

나는 무좀이므로

무좀은 내게 고통이지 않아요

세상의 불길은 나를 태우지 못하고

그대에게 다가가

나의 입술은 타올라요

나는 무좀뿐이니

그대에게 줄 수 있는 건 무좀뿐

꽃을 흉내 내며 피어도 나는 꽃 되지 못하고

그대의 발바닥이며 발가락에 혀를 내밀어

고백을 해요

사랑은 내게서 멀어

그대 가슴에 닿고 싶은데

그대 나를 자꾸 쫓아내지요

나는 목숨 헐어 그대에게 가는데

그대 나를 고통이라 하지요

나는 고통이므로 고통 걱정 없어요

서러운 시절 고통을 끓이고

잘 먹고 잘 죽고 있어요
나는 고통이므로
그대에게 줄 수 있는 건
고통밖에 없어요

시궁창에 살아 서러운
– 불 5

시궁창에 살아 서러운 날들이 있었다 썩은 쥐와
더러운 악취가 양식이 되었던 모기의 시절
가는 다리에 의존했던 생이라는 무게여
단 한 번 비상했지만 뜨건 피가 그리웠다
가벼웠으므로 타오르는 것을 욕망했던
내 혀의 가늘고 날카로움
연약한 풀잎에 몸을 의지했지만
기댈 곳은 없었다
여름은 나를 미치게 하고
뜨거웠으므로 나는 태양을 피해 다녔다
피하다 보니 두려운 건 불
나는 어둠 속에서
스스로 발광할 날을 꿈꾸었다
검은 몸의 사내
버렸다고 생각했던 모든 욕망이
싹트는

나보다 무거운 것을
– 불 6

나보다 무거운 것을 딛고
나는 노래한다 죄가 아니었다면
내 청춘은 얼마나 병들었으랴
흐르는 불, 황토에 발 담그고
일생을 노래한다

먼지와 함께 쓰레기통에 버려지는 풀씨들, 유언처럼
모서리에서 더욱 빛나는 불빛들, 자신이 떨군 잎새를
게걸스럽게 먹어 대는 나무들, 찢어지지 않는 콘돔,
암컷의 샅을 핥아 대는 수캐, 비 맞은 담배꽁초,
떨어지며 반짝이는 분수대의 물, 마른 모래 위
꿈틀대는 토룡,

투명한 구름으로부터 와서 더러운 형체를 지닌 자
내가 왕이었을 때 세상은 혼미하였노라
사람들은 시체 태운 재를 죽지 않은 자의 상처에 바르고
깃털 없는 새들은 처마에 앉아 울고
비 그친 하늘에 흰 무지개가 떴다

천년을 하루같이

독 오른 뱀을 우걱우걱
– 불 7

독 오른 뱀을 우걱우걱 씹어 먹는 개구리
여자의 시체를 갈가리 찢는 나무들
썩어가는 살점을 잎으로 단 나무들
사금파리 위에 푸르른 살점들
여보 이제 밥 먹고 하자

하자!

　무시다냐 이것이 종재기에 기름처럼 톡톡톡 타는 것이 벌 혀
에 자지라지는 오뉴월 모란 같고 쫄깃쫄깃 허는 맛이 섬진강
조개 같고 물 찍찍 흘리면서 혀끝을 감는 맛이 뻘 맛 물 맛 다
아는 벌교의 꼬막 같고 철썩철썩 치는 것이 대동강 숭어 같고
물렁하고 탄탄하게 틈 없이 감기는 게 장흥 남포 굴 맛이다 무
시다냐 이것이 쪽쪽쪽 빨아 대니 목포의 세발낙지 입에 대면
사라지니 회진포의 메산이국 칠 때마다 울어대니 종각의 종이
로고 없는 입맛 돋워 주니 영산포 깔따구젓 패인 것을 따지자
면 박연이 다시 없고

　요것이 무시다냐 댕댕이 버티는 게 제암이라 이름난 그 바위
형상 같고 줄었다가 늘어나니 도깨비 방망이요 퍽퍽퍽 쑤시는

게 돌절구의 공이 같고 뒤집어져도 꼿꼿허니 선비의 기개 같고 천지동 맑은 물이 돌을 감고 흐르는 듯 천년 묵은 느티나무 굵은 뿌리 뻗대는 듯 담양골 댓잎 우게 잔바람이 일렁인 듯 촉촉이 굳은 땅에 거친 말뚝 박아대듯 씀벅씀벅 보드라운 요것이 무시다냐 문지르면 날이 서니 장비의 삼지창이요 갈아대도 자라나니 손오공의 봉이로다

　　피리 소리 고음 저음 서로 감고 흐르는 듯 씨줄 날줄 되게 엮어 짜인 덕석인 듯 우리 둘이 엉켰으니 한 몸인가 두 몸인가 태극이 무극이고 양극이라 둥글구나

　　둥근 것은 사랑이라 굴러간다 굴러간다 해가 되어 굴러가고 달이 되어 굴러간다 둥근 둥근 우리 사랑 저 하늘의 별이 된다

　　　갈라진 틈에 다른 것을 끼워 넣고
　　　문지르는 자들
　　　껍데기가 벗겨지고 뜨거워지고
　　　서로의 상처와 상처가 만나
　　　문지르고 문질러 불나는 것
　　　그거 (사랑이라는 것?)

여자의 가랑이에서 흐르는 타액은
양식이 되지 못하고 풀잎이 쓱벅 베어 내는
태양, 멀겋고 흰 타액
저 비릿한 햇살

풍경은 집요하게 그림자를 버리지 못하고
지워 버리면 나와 함께 사라질 상처들

산이나 들판에서

― 불 8

산이나 들판에서 풀 뜯던 소 한 마리
발정 난 황소 한 마리
뒷다리 쭉 뻗어
드립다 달리기 시작한다
파도파도
속살 보인 바다의 거친 숨결 속에
처박힐 듯이
온몸을 꽂아 버릴 듯이
허리를 뻣뻣이 하고선
동쪽 끝에서 서쪽 끝까지
발기한
저 단단한,

문이 열릴 때마다
- 물 1

문이 열릴 때마다 그대의 얼굴이 있다
문이 열릴 때마다 그대는 나를 만진다
문이 열릴 때마다 황홀히황홀히
그대 손길이 나를 애무한다
철퍼덕 철퍽 무너지는 나
점점 굳어가는 내 몸뚱이
문이 열릴 때마다 그대 손바닥은
부드러운 칼날이 되어
문이 열릴 때마다 나를
도려내는 그대
문이 열릴 때마다 나는
벗겨진다 잘린다 비명도 없이
문이 열릴 때마다 나는
이전의 나와는 전혀 다른 얼굴
굳어가며 나는 점점점 졸아든다
그대란 사람을 사랑한다는
그 하나의 이유로
쓴 물 단물 다 빠진 나
행복하게도 그대의 손에
그대의

손을 내밀어 물의 감촉을
- 물 2

손을 내밀어 물의 감촉을 느껴요
출렁거리며 타오르는 우리의 미래
술 취해 노래하며 배는 나아갔죠
다가올 날들은 그대의 땀방울처럼
촉촉한 세상

안 돼요 안 돼요 입술만은 안 돼요
호수의 물빛이 거울 같아요
안 돼요 안 돼요 가슴만은 안 돼요
출렁이는 물결이 귀를 세우잖아요
안 돼요 안 돼요 그곳만은 안 돼요
태양의 눈동자가 너무나 크잖아요

빛이 쏟아져 나오는 구멍, 태양
한꺼번에 들킨 나는 사막처럼 마르고
당신이 방문하는 유일한 통로는
내 작은 오아시스

(멀리서 바라볼 땐
두려워서 접근하지 못했는데

어쩌다 발이 빠져 이제는
헤어나고 싶어도
발 빼지 못하게 하는
당신은
수렁)

당신 발이 내게 빠져
다른 길을 가지 못했으면
나의 오아시스에 미친 당신이
그곳에서 천천히
천천히 죽어갔으면

연어들이 떼를 지어 강물을
– 물 3

(연어들이 떼를 지어 강물을 거슬러 오르고
사랑은 늘 죽음이에요
과거를 잊어요 과거는 다른 생
바람에게 영혼을 산 나비 같은 당신)

나비는 작년에 죽은 꽃들의 영혼이죠

(출렁거리는 당신의 몸 위에 뱃길을 내고 싶어요
사랑은 지금이에요)

우리는 강에서 배를 타고 있었죠
타오르는 눈빛의 그대, 태양 앞에 있었죠
온몸이 숯처럼 검어진 그대
내 안에서 활활 불타올랐죠
냄비 안의 물처럼 소진된 나는
어느새 그대를 닮아 있었죠

고로쇠나무 수액처럼
아무리 먹어도 탈이 없는 물
그 물처럼 투명하게 살고 싶었죠

(내 혀로 그대의 껍질을 뚫고
그대의 물로 몸을 씻고 싶었어요
오래된 노폐물이 빠져나가고
내 입술을 적시는 그대의 물
체질이 바뀌고 영혼이 변하리
쪽쪽쪽 빨아 대는 아기 같은 나의 입)

어여뻐라 검은 몸의 사내여
능수버들같이 흐늘거리는 내 몸을
세발까마귀처럼 쪼아라 사내여
굳어 버린 내 껍질에 구멍을 내라

한없이 넓어지는 구멍, 나는
무엇이든 받아들이고 무엇이든 낳을 수 있다

검은 몸의 사내여 삼족오여
그 무엇을 담아도 그대처럼 꽉 차지 않는구나
그대와 함께라면 내 몸은 산 위의 호수
하늘 위에 출렁이는 바다이어라

당신의 목소리에는 지륵지륵
— 물 4

당신 목소리에는 지륵지륵 전류가 흐르는 것 같아
당신 목소리만 들어도 내 꽃은 움찔거리고
당신이 아, 하면 내 꽃도 아, 하고
당신이 음, 하면 내 꽃도 음, 하고

죠고맛감, 나는 어느새 물인 몸
내 손을 내밀면 당신은 맑아지고
내 문을 죄 열어도 당신은 무장 나를 채우고
내 문을 철갑으로 닫아도 당신 손끝에 다 녹아 버려

죠고맛감, 지옥의 문
당신은 몰매를 치네 화난 몽둥이에 내 살은 다 저미어지네
천벌을 받을 거야 벼락 맞은 듯 타 버릴 거야
온몸엔 바늘구멍 당신 독이 스밀 거야

죠고맛감 드레바가 네 마리라 호리라

쇳물 같은 그대는 너무
- 물 5

쇳물 같은 그대는 너무 뜨거워
지상에 발 딛지 못하고
하늘로 날아오르네
산산이 부수어진 그대, 차갑게 식어
마침내 구름 덩어리

땅 위에 남은 나의 그리움 그대에게 뻗어
불이 이네 번개가 치네
콸콸 쏟아지는 빗줄기
차가운 불덩어리

돌아가는 돌아가는 그대의 엉덩이
빙빙 돌며 나무와 풀을 게워 내는 그대의 엉덩이
구름처럼 부드럽고 쇳물처럼 뜨거운

엉덩이 하늘에 걸린 엉덩이
미쳐 아무 데나 오줌을 찍찍 갈기는

나는 물이었지
– 물 6

나는 물이었지 H_2O, 수소 같은 가슴
차가운 그러나 폭발하면
나도 어쩌지 못할 내 안의 열기
가슴과 가슴 아래
사북 자리의 그 구멍
존재의 숨통, 살아 있게 하는 살아가게 하는,
산소처럼 둥근,

그대 마시라 허파 가득히
붉은 피가 더 붉어지리라 허파 구석에
찌든 공기까지 새로운 산소로 교체되리라
그대 나를 마시라 나는 그대의 잔
그대 나로 호흡하는 순간부터
그 어떤 원소로도 연명하지 못하리라
마약보다 지독한 산소

두 개의 가슴과 하나의 구멍을 가진
나는 결정체, 함부로 몸이 바뀌지 않는다
나는 결정체 H_2O

뻣뻣하게 하늘로 발기한 빌딩들
나랑 엉켰던 것들이지 나로 인해 푸석한 몸
일으켰던 것들이지 질퍽하게 섞였다가
하늘로 오르자 나를 버린 것들이지

칼을 품어도 상처 나지 않는 나는
썩은 고목에서 새순을 낼 수 있지
단단한 철골도 녹슬게 할 수 있지
그 무엇이건
내 안에 담을 수 있지

찻잎을 넣으면 녹차가 되고
커피를 타면 커피가 되는
보약을 넣으면 보약이 되고
농약을 섞으면 그 무엇이든 죽일 수 있는
나는 끓어오르고 날아다니는,

숫돌과 칼 사이에서 칼날을 세우고
더러운 걸레에서 땟물을 빨아 먹는 나는,

바다를 만나면 바다가 되고 범을 만나면
범이 되고 노래기를 만나면 노래기가 되는
소나무를 만나면 소나무 되고
갈대를 만나면 갈대가 되는 나는,

군인을 만나면 군인이 되고
시인을 만나면 시인이 되고 에이즈를 만나면
에이즈가 되는 나는,

언제나 타자를 받아들이는
구멍

나무의 뿌리가 가지로
– 물 7

나무의 뿌리가 가지로
모든 것 주고 아무 말 없듯
꽃이 가지에만 피어도
묵묵하듯

누가 지구를 낳았다고 말하는 자 있던가
별들이 빠르게 자리를 바꾸고
바쁜 불빛들 속에서
몸 안을 출렁이는 한 방울의 그리움

늙은 무녀가 눈을
– 위대한 탄생 1

늙은 무녀가 눈을 감는다 오른손을 부르르 떤다
눈을 뜬 무녀의 눈동자가 뒤집어진다

이놈아, 당장 나가라
피 냄새가 천지에 가득하구나

장군이 헛기침을 하며 밖으로 나간 뒤
푸른 털의 도둑괭이 한 마리 문틈으로 들어간다
외마디 비명
시멘트 틈에 돋아난 질경이 풀이
장군의 발밑에서 으스러진다

책상 위에는 하이얀 쌀알들
씨앗이 되지 못하고 더께만 낀 쌀알들
낙서 같은 쌀알의 무늬를 무녀는 읽는다
승승장구 하였겠다며 깡패나 군인이라면
우두머리가 되겠다고
살집 좋은 무녀는 배시시 웃는다

무릎 꿇고 앉아 있는 장군은 초조하다

무녀의 손끝이 가벼이 떨린다 무녀가 말한다

직업이 바뀌겠습니다
난데없는 천둥소리에 뭇 새들이 둥지를 뜬다

철모가 지나간다
 – 위대한 탄생 2

　철모가 지나간다 떨그덕 떨그덕 철모가 지나간다 달걀
귀신들
　한꺼번에 대낮에 귀신들이 지나간다

　미쳐서 물에 빠져 죽은 개의 눈에 비친 하늘
　높은 곳에 앉은 장군은 고심에 잠긴다
　장군의 칼은 빛나는 칼
　허공을 열두 개로 쪼갤 수 있다, 금 가지 않는 하늘

　(아이들은 놀이터에 나오지 않는다, 키우던 개가 미쳤기
때문
　여자들은 문을 잠그고 주걱을 들고 있다, 언제 미친개가
뛰어 들어올 지 모르기 때문
　남자들은 몽둥이를 휘두르고 있다, 미친개를 잡아야 하
기 때문)

　철모가 지나간다 떨그덕 떨그덕
　얼굴을 보이지 않는 달걀귀신들
　규칙적인 발걸음 흔들리지 않는 대열
　그들의 군복이 후줄근한 것은

그들의 몸이 썩어가고 있기 때문
그들이 씩씩하게 보이는 것은
몸을 이룬 수수깡이 반듯하기 때문

도시를 둘러싼 산속에는
귀신들이 우글거린다 머리가 텅 빈 귀신들이
술을 마신다 얼핏 보기에는 사람 같은
숲속의 새들은 다른 하늘로 날아가고
피어난 꽃들은 모가지가 꺾였다

장군은 침묵하고 수하는
— 위대한 탄생 3

장군은 침묵하고 수하들은
양을 끌고 와 순식간에 늑대로 바꿀 수 있다
장군의 책상 위에 펼쳐진 일기장

위대한 자는 어려운 선택을 하여야 한다
누가 이 환난에서 백성을 구하랴
불필요한 만인을 죽이지 않고 어떻게
위대한 영웅이 탄생할 수 있으랴

장군의 지휘봉은 지도의 아래쪽으로 내려간다
그리고 봉 끝이 지도를 툭 친다
한 도시가 지도에서 지워진다
구멍 난 이 나라의 지도
사람들 시선이 일제히 쏠리고
구멍 난 나라의 중심으로 빛이 빠져나간다

서로의 예리한 눈빛끼리의 대화
물러설 수 없는 선택
꺾이면 영원히 이 자리에 있지 못하리
지휘봉을 든 장군이 자리를 뜨고

끝없이 울리는 다이얼 소리
숨 막히는, 눈에 핏발 선, 폭풍 전야

그리고 밤이 왔다
잔을 들라! 천민의 계집들은 술을 부어라
출렁거리는 술잔 속에 계집들은 춤을 추라
결단의 날, 이제 너희에게 더 많은 팁을 주리
위대한 장군을 영접할 준비를 하라
옷을 벗고 엎드려라 개처럼 짖어라

나는야 혁명군 새 나라 건설의 전사
- 위대한 탄생 4

나는야 혁명군 새 나라 건설의 전사 걸음걸이 씩씩하게
적진을 향해 간다 이 나라의 정치인은 적과 내통한 자들
우리의 장군님이 그걸 모를 리 없지 언제나 반짝이는 장군
의 예리한 눈 아무리 위장된 적도 안 들킬 수 없지 나는야
혁명군 언제나 용감해 무법천지 폭도들을 쳐부수러 간다
네 오래 훈련된 사격 솜씨 잘 닦인 나의 총 단 한 명의 적
들도 놓치지 않으리

　총소리가 울렸다 그것은 새를 잡는 소리
　총소리가 울렸다 그것은 토끼를 잡는 소리
　총소리가 울렸다 그것은 풀잎이 베이는 소리

　총소리가 울렸다 그것은 사기꾼을 처형하는 소리
　총소리가 울렸다 그것은 폭도를 죽이는 소리
　총소리가 울렸다 그것은 간첩을 잡는 소리

　총소리가 울렸다
　(피 질질 흘리며 서산에 걸린 어머니의 시체)

오래전 씨족의 전사들은
— 위대한 탄생 5

오래전 씨족의 전사들은
자신이 잡은 짐승의 가죽으로 옷을 지어 입었지
토끼 가죽 전사는 범가죽 전사에게 언제나 굽실댔지
위대한 전사는 영웅이 되었지
언제나 곰과 범의 가죽으로 옷을 지어 입던 영웅

그러나 동물들은 동물원에 간 지 오래
이제는
사람의 탈을 쓴 짐승들을 잡아야지
오래전 전투에서 나는
적들의 이마를 벗기었지 내장을 찢어 발겼지

나는 이제 사람의 가죽으로 옷을 지어 입으리
암컷의 머리칼로 신을 만들고
수컷의 음모로 예쁜 지갑 만들어
나의 오랜 그녀에게 선물해야지

(그가 쓴 모자는 사람의 이마를 벗긴 것
빛나는 계급장은 뼈를 갈아 만든 것
그가 신은 군화는 사람의 등가죽

군복의 단추들은 이빨과 손톱 발톱)

장군은 천천히 걸음을 옮긴다
얼굴에는 흐뭇하고 인자한 미소
환호하는 병사들
장군은 천천히 병사들의 손을 잡는다

끝까지 진군하라!

장군의 사무실 한쪽 벽에

- 위대한 탄생 6

장군의 사무실 한쪽 벽에 웬 여자가
사타구니 께가 난자된 채 거꾸로 매달려 있다
장군은 표정 없는 얼굴로 무언가를 열심히 끄적거린다

아버지 없이 태어난 나
나의 아버지는 이 나라의 역사

부하들은 알고 있다
아버지가 없는 장군은
사람의 아들이 아닌 역사의 아들
무소의 뿔처럼 혼자서 가는
역사의 아들을 따라 새 역사를 창조하는 것
그것은 역사의 명령

장군은 계속해서 무언가를 적어 나간다
알 수 없는 기호들 그러나
자세히 살펴보면 낙서일 뿐이다

이때 피 묻은 군복 차림으로 뛰어든 부하 하나
깜짝 놀라며 장군에게 묻는다

각하 왜 어머니를 저렇게 처형하셨습니까?
저 여자는 내 어머니가 아니라 창녀다
단호한 표정의 장군 앞에서 부하는 말을 잊는다

누구도 보지 못한 책상 밑에서는 장군의 아버지가
썩어 고름 든 장군의 발가락을 빨고 있다

이 자는 총을 들고
- 위대한 탄생 7

이 자는 총을 들고 우리에게 저항한 자
폭도다!
이 자는 애국가를 부른 자
간첩이다!

이 고양이는 점령군의 막사를 엿보았습니다
이 나무는 총알을 맞고도 몸을 굽히지 않았습니다
이 풀은 점령군의 눈앞에서 붉은 꽃을 피웠습니다

그곳의 모든 동, 식물 꽃들에게
내란죄를 적용하라

(개머리판을 소녀의 이마에 대고 윤간을 하는 자들
죽은 여인의 성기를 총부리로 벌린 후 개의 성기를 밀어
넣는 자들)

세상의 모든 빛이 장군의 이마에서
– 위대한 탄생 8

세상의 모든 빛이 장군의 이마에서 반짝인다
칼끝 같은 빛살, 모든 것을 바꾸는

꽃을 좋아하는 그는 자신이 발 딛는 곳마다
꽃씨를 뿌린다 운동을 좋아하는 그는
잡초를 뽑고 체육관을 만든다
시를 좋아하는 그를 위해
용비어천가를 짓는 자들
음악을 좋아하는 그를 위해 가수들은
노래한다

우중충한 것은
미래지향적이지 않지!

흥겨운 장군의 발밑에서
누군가의 두개골이 바스라진다
어쩌면 그의 아버지,
으깨어진 빈 깡통들

땅속 깊이 흘러드는
– 붉은 심장을 가진 나무 1

땅속 깊이 흘러드는
누군가의 속울음에 귀를 기울여
캄캄히 뿌리가 검어진 나무
딱딱히 굳어가는 눈물을 모두어
푸른 잎을 피우는 나무
쏟아지는 햇살을 여린 풀들과 나누기 위해
가지를 듬성듬성 내미는 나무
바람 앞에 먼저 나서 큰 가지 뚝뚝 부러져
상처뿐인 밑둥치를 가진 나무
기껏 오른 우듬지를 까치집으로 덥석 내주는
붉은 심장을 가진 나무

무르팍 깨진 어머니 쪽마루 끝에
– 붉은 심장을 가진 나무 2

무르팍 깨어진 어머니 쪽마루 끝에 앉아

꼭 저라고 귓구녁 찢어질 것몬양
대포 소리가 들렸제 그랬제
소나기맨키로 총알이 쏟아짐서
사람이건 짐성이건 모사같이
쬐깐해져 부렀제 그랬제

우짤라고 그란다냐 문 노무 비가
요라고 온다냐 산사태 나것다
우짜까나 저라고 풀이고 나락이고
다 자빠져불고

그때 늑 아부지 행방도 몰라 불고
늑 아부지 갔던 질이 저라고
뻘가게 보이듬마 우짜까나
산사태 나겄다

왜 이라고 가심이 벌렁거린다냐 우짜까나
하늘도 뻘간 것이 요상시럽다

사람들이 웅성대기 시작한다
- 붉은 심장을 가진 나무 3

사람들이 웅성대기 시작한다 갑자기 해가 지고
오래된 나무들은 잎을 오그린다
뜨뜻미지근한 바람이 분다
저벅저벅 저벅저벅 군홧발 소리
횃불을 든 사람들이 거리로 나간다
고구려의 무덤 속 같은 하늘 한쪽에서
세발까마귀 한 마리
서툰 날갯짓으로 날아오르고
골목길에서 혹은 갈림길에서 사람들은
횃불을 들고 뛰어다닌다
누군가의 팔뚝이 초승달로 걸리고
항문에서 눈을 꺼내 이마에 붙이는 사람들
머리에 뿔 난 사람들이 두두두두 달려간다
두두두두 달려가던 사람들이
일제히 쫓기기 시작한다

어떤 사람은 담장 너머 아무 집에나 뛰어든다
그 집의 사람들과 함께 곤봉으로 두들겨 맞는다
어떤 사람은 문 열린 사무실로 들어간다 사무실은 순간
전쟁터가 된다 어떤 사람은 지나는 여자의 치마 속으로

들어간다 갈가리 찢겨 걸레가 된 치마
어떤 사람은 다른 사람의 주머니 속으로 들어간다
쩔렁거리며 동전은 쏟아지고 어떤 사람은
노점의 사과 속으로 들어간다 사과를 박살내는
군용 단검 어떤 사람은 지나가는 노인의
수염에 매달린다 노인의 얼굴은 둔탁하게 깨어진다
어떤 사람은 가로수 사이에 숨는다
전속력의 장갑차가 가로수를 부러뜨린다 어떤 사람은
지하도에 숨어든다 포위한 병사들이 대검을 휘두르며
헝겊을 자르듯 난도질을 한다 어떤 사람은
어머니의 자궁 속으로 들어간다 대검은
만삭 여인의 배를 찌른다 어떤 사람은

그날 모든 우려는
– 붉은 심장을 가진 나무 4

그날, 모든 우려는 현실이었다
이전의 시인들이 온갖 비유로 표현해 둔
상상 속의 비극이 현실이었다 그날, 이 도시는
마지막까지 침몰하지 않는 배였다 그날,
쥐들은 미리 몸을 빼서 달아났고
개들은 재빨리 주인의 다리를 물었다

(서해 해변에 물고기 떼가 떠올랐는데 사람들이 다 먹을
수 없었다 두꺼비와 개구리 수만 마리가 나무 위에 모였다
개 한 마리가 북쪽을 향해 짖더니 알 수 없는 곳으로 사라
졌다 겨울에 진달래가 피고 많은 사람들이 개로 변하였다
우박이 왔는데 크기가 밤만 하여 어린 모들이 꺾이거나 뿌
리가 드러났다 한 사람의 꿈에 무등산이 무너져 강처럼 흘
렀다 큰바람이 불고 나무들이 슬픈 노래를 불렀다 유난히
붉은 꽃이 많이 피었다)

쥐들이 빠져나간 거리는 조용하다
조용하다
자신의 뿌리로부터 멀리 나온 별들은 움추러들고
유일한 음악은 규칙적인 군홧발 소리

척척척척 가슴을 송곳으로 쑤셔 대는
저 미친 군화 발걸음 소리

젊은 학생 하나가 거리로 나섰다 그의 머리는 호두 깨지
듯 박살났다

학생 둘이 거리로 나섰다 단검이 그들의 배를 갈랐다

학생 열이 백이 천이 거리로 나섰다 일단의 병사들이 낫
질을 하였다

중년의 사내들이 대열에 합류했다 장갑차가 그들의 가
슴을 자르며 날아갔다

아주머니들이 노인들이 어린 학생들이 거리로 나섰다
총구에서 불이 반짝였다

별 없는 하늘 아래 쓰러지는 개망초 쇠비름 명아주들 총
구에서 탄생하는 무수한 별들

총알보다 많은 사람들이 강을 이루었다 두두두두 기관
총 소리

더 많은 사람들이 더 많은 사람들이 모여들어 애국가를
불렀다 총소리가 애국가를 산산이 조각냈다

동해물과 백두산이 마르고 닳도록……

기억하라, 애국가가 투쟁가로 변했던 그 밤을
동해물과 백두산이 마르고 닳도록 모여드는 인파는
끝이 없고

나는 이제 아픔을 모른다
– 붉은 심장을 가진 나무 5

나는 이제 아픔을 모른다
곤봉으로 내 머리통을 깨도 대검으로 내 배를 갈라도
나는 전혀 아프지가 않다 나는 이제 슬픔을
모른다 어머니의 배 속에서 어린 누이가 죽었어도
그것은 나의 슬픔이 아니다 나는 이제
아버지를 모른다 아버지가 나를 붙들고 이놈아 아비다
대답해라 이놈아 이 미친놈아 하여도
나는 멀건이 그의 얼굴을 본다 내 눈은 개새끼
죽여 버릴 거라고 말하고 있다 나는 이제
애인을 모른다 애인이 아무리 나에게 입맞춤을 하여도
나는 더러운 침을 질질 흘릴 뿐이다 나는 이제
스승을 모른다 그가 가르친 모든 것을 경멸하는 눈빛으로
어두워져 가는 하늘을 볼 뿐이다
구불텅구불텅 길게 뻗은 나의 내장을
피 묻은 군화가 짓밟고 지나간다

이제 보니
− 붉은 심장을 가진 나무 6

이제 보니 봄이라는 계절은
잎이 돋는 시절이 아니구나
새순 나고 꽃 피는 것이 아니라
흰 목련 피는 꽃에 붉은 피 묻어
그것이 봄이구나

이제 보니 폭도라는 말은
함부로 주먹질하는 잡놈이 아니구나
죄 없이 죽은 자의 시신 아래에
흘린 피를 마다하지 않는
눈부신 연보라 흰 꽃
쑥부쟁이 그가 바로 폭도로구나

이제 보니 간첩이라는 말은
적이 보내 내정을 염탐하는 자가 아니구나
민중들의 가슴에
수신기를 대고 청진기를 대고
상처를 도청하는 자로구나

울면서 그 상처를 치료하는

의사로구나 약쑥이구나

구아구아 입 벌려
─ 붉은 심장을 가진 나무 7

구아구아 입 벌려 세상을 환하게 하는 저 꽃들
꽃에게 묻는다 ─ 네 눈에 나는, 어떤 색의 꽃이냐

정육점의 고깃덩이처럼 뭉텅뭉텅 잘려 나가는 노을
피로 얼룩진 유서 같은 하늘
악다구니, 곤봉을 내리치는 눈이 뒤집힌 병사들,
무서운 나는 발걸음을 집으로 옮기고
길모퉁이엔 나보다 적게 살아도 꽃 피운 진달래
꽃에게 물어요 ─ 당신 보기에 나는, 무슨 짐승인지요

역사의 거대한 강물을 따라
맨 뒤에서 나는 울며 걸었네 살아남아 기록하리
아무나 동무 되어 어깨동무하고
걸어가는 내 발끝에 민들레 꽃 모가지 덜렁 떨어지네
꽃에게 묻습니다 ─ 당신 보시기에 나는, 어떻게 생긴 사
물입니까

죽어가는 아들들 어머니들 속에 죽음은 이미 두려움이
아니었네
곤봉에 부러진 나의 어깨 나는 병원으로 실려 갔네

터지는 총소리 비명 소리 아수라
침상엔 목 부러진 장미가 꽂혀 있네
꽃님에게 묻습니다 – 도대체 저는,
어디에 버릴 쓰레기입니까

꽃들
- 물속의 불 1

꽃들, 불에 닿은 쇠붙이처럼
녹아 흘러내리는 계곡의 꽃사태
타닥타닥 타오르는 억새꽃 밤꽃 송화
기어다니는 우렁이 자벌레 두더지
검은 꽃 하얀 꽃 붉은 꽃 또 다른 꽃
이빨을 드러낸 채 크게 벌어진 범의 입
폭발하는 화산, 거울을 비늘로 가진 호수, 꽃들
탕탕 피어나는 총구의 불꽃 솟는 피
따로따로인, 공기의 미세한 실뿌리로 얽힌
어깨동무하는, 많은 꽃

한없이 화산이 폭발하는
– 물속의 불 2

한없이 화산이 폭발하는 지구라는 별, 그대는
어느 한순간 멈추지 않지 타오르는 돌
이전과는 다른 모습을 보여주는
용암이 끓어오르는 구멍

그곳에서 새들은
먼 곳으로 날아갈 날갯짓을 하네
지는 제 잎을 저 혼자 먹지 않는 나무들
다 주고 나니 풍성해진 양식들

슬픔이 고여 뜨거운 태양
키 작은 구름은 세상을 둥글게
주물럭거리고, 날갯소리, 지진의

여진, 감정의 울림
변하면서 유지되는 것
어느 돌에나 귀를 대 보면
물소리 타닥타닥 솟구치는 물소리

제 안의 열기를 잎으로 피우는 나무들

대지를 애무할 수 있는 자는 시인
불같은 정열을 가진 물 덩어리
시인의 손끝에서
파닥파닥 발기하는 꽃들

클리토리스나 G-스폿보다
더 예민하고 더 깊은 성감대는
마음, 떨림이란 나무의 우듬지처럼
새로움을 낳지

눈을 감고 붉은 땅의 심장 박동을 들어 봐
오래전의 환웅처럼
뒤척이는 몸에 몸을 겹친 죽음처럼
곰이라면 어때
자신을 버려 얻을 수 있다면

나, 죽고 싶어
너의 피로 너의 근육으로 살아가고 싶어

호흡하는 나무들
– 물속의 불 3

호흡하는 나무들 돌들
빛을 받아들이며 비를 받아들이며
숨 쉬는 것들
계절을 거부하지 않으며
꿈틀대는 대지

항상 젖어 있다는 것은
불행, 항상 말라 있는 것은
저주, 열려 있지 않으면 젖을 수 없고
닫아 두지 않으면 타오를 수 없는
살아 있는 문

굴에서 뛰어나오는 온순한 호랑이
뿌리 뻗는 사나운 나무들
꽃을 먹는 꽃

반짝이는 반죽 덩어리, 별
엉킨, 끝없이 자기부정 하는,
회의하는, 완전

움직임이 불경스럽다면
- 물속의 불 4

(움직임이 불경스럽다면 호흡은?
파도 없는 바다는?)

너는 꽃술처럼 돌아다녔네 흔들거리며
기우뚱거리며 때론 씩씩하게
나는 꽃술처럼 돌아다녔네

수술에서 암술로 암술에서 벌 나비로
끝없이 움직이는 나는, 정령 혹은
열기로 가득 찬 물방울 속에서
종이를 먹는 염소의 똥 속에서
부화를 꿈꾸는 나는

빛을 안은 죄로 무릎을 꺾는
저 눈부신 파도,
처음이 아닌 태양, 몇 번이고
자신의 몸을 허락한 달,
드러난 갱도보다 더 깊은 곳에
커다란 금맥을 가진
폐쇄된 금광 같은 여자, 나는

언제나 타자 속으로 들어가는
구멍, 발기하여 너를 받아들이는
너의 꽃

*「물 속의 불」을 위한 군말 - 하루살이

생활이나 목숨의 덧없음을 비유할 때, 어김없이 등장하는 곤충이 하루살이이다. 하지만 하루를 살 것처럼 여겨지는 하루살이는 불과 몇 시간밖에는 살지 못한다. 먹이를 먹지 않아도 되므로 입이 없는 하루살이의 성충은, 그 짧은 시간에 번식을 위한 결혼 비행을 한다. 어찌 보면 단 한 번의 교미, 합일을 위해서 날개를 달았다고나 할까. 그러나 하루살이의 전 생애가 몇 시간에 머무는 것은 아니다. 하루살이는 날개를 갖기 이전까지 30번 이상 탈피를 하는데 연못의 바닥에서 유충으로 사는 기간은 2년쯤 된다. 2년간의 고행. 그리고 마지막 탈피를 끝내고 나서 새로운 생명을 만들기 위해 몇 시간동안 날개를 갖는 것이다. 해 질 무렵 떼를 지어 비행하는 하루살이들. 그것은 차라리 불꽃에 가깝다.

「물속의 불」이라는 시는 2000년 6월 22일과 23일에 씌어졌다. 나는 잠을 자지 않고 연이어 컴퓨터 자판을 두드렸다. 그 이틀은 이 시를 낳기 위해 잠시 날개를 달았던 순간이었을까. 그렇다고 신들려서, 갑자기 쓴 시라는 말은 아니다. 등단 이전부터 쓰고 싶었는데, 무슨 부채처럼 머릿속에서 뱅글뱅글 돌았던 것이 비로소 언어화된 것이다. 구상하는 데는 10년이 넘었고 쓰는 데는 2일이 걸린 시. 「물속의 불」이다.

제3부

지나 공주

여자여, 내게 돌을 던지라

그녀는 나를 낳았고 나는 그녀가 주는 젖을 먹고 살아났다 무럭무럭 자란 나는 사냥을 나가고 부지런히 양식을 그녀에게 바쳤다 나는 위기 때마다 그녀를 부르며 구원을 청하였다 나무들의 탐욕이 거칠게 드러날 때 지렁이의 아들인 나는 용의 아들이라고 거짓말하여 그녀를 범하였다 동굴 깊은 곳에 옷가지 숨겨 두고 그녀를 하늘로 돌려보내지 않았다 우람한 나는 한 씨족의 아비 한 번의 사정으로 수억의 인간을 만들 수도 있다 무성한 가지 아래 음지식물들이 자랐다 그녀는 우렁 색시처럼 밤마다 내 방으로 들어왔다 잘 차려진 밥상을 두고 사라지곤 하였다 버릴 수 없는 악연, 칼 든 나에게 그녀는 무릎을 꿇었다 종이었던 그녀는 어리고 아리따워 나는 그녀를 불러 회춘을 하였다 무럭무럭 자란 나는 후궁을 그녀로 가득 채웠다

혼자 사는 그녀의 방으로 가서 그녀를…… 그녀는 애원을 하였다 너도 좋잖아? 그녀는 버릇처럼 울었다 꼴 보기 싫다는 그녀에게 꼴을 보이며 3년을 따라 다녔다 끈질긴 여자, 그녀는 나를 놓지 않았다 내겐 다른 그녀 있었다 연립주택 지하에서 지하철에서 그녀를 성폭행 하였다 다방에서 미아리에서 그녀를 휴지처럼 주물럭거리다 팽개쳤다

왜 나는 벌받지 않은 것일까 직장에서 국회에서 그녀를 쫓
아내기에 혈안이 된 나는 그녀를 매춘부로 팔아넘겼다 방
안에 가둬 두고 40년을 살았다 아니,

여우야 여우야 뭐하니?

모서리마다 탱탱히 부풀어 있던 어둠이 양수 터지듯 흘러나오자 꽃들이 길게 나팔을 불었다 풀잎과 돌멩이 틈에서 여우들이 뛰어나왔다 여우들이 거리의 사내들을 집어삼켰다 술집을 식당을 우걱우걱 씹어 댔다 여우의 날카로운 이빨에 사각의 건물들이 찌그러지거나 둥글어졌다 여우들이 컹컹대며 거리를 달리기 시작했다 가로등을 쭈욱 들이켜는 여우는 발톱이 길어졌다 도둑처럼 해가 떠오르자 거리에는 다시 **평화가 찾아왔다**

여우야 여우야 뭐하니? **빨래한다**
여우야 여우야 뭐하니? **아기 본다**

열여덟에 결혼한 큰이모는 스물여섯에 남편을 잃었다 남겨진 유산은 자식 넷뿐이었다 세월은 불길처럼 다가왔다 육십 년을 바둥거리고 살아 불에 덴 비닐처럼 오그라진 몸뚱이 옆집에 놀러 갔다가 범만 한 개에 물려 찢어진 행주처럼 쓰러졌다 백 년 같은 열흘을 관짝만 한 병실에 누워 있다

여우야 여우야 뭐하니?

일생의 목적을 결혼으로 삼은 여자들이 거리의 먼지를 쓸며 지나갔고 남자들은 팔뚝을 걷고 산을 무너뜨리고 강을 막았다 거리의 건물 틈에 자라난 모든 식물은 잡초로 취급되어 뿌리가 뽑히었고 여자들은 창녀나 외판원으로 자립을 하였다

여— 여— 뭐하니?

차들은 차의 길로 달리고 빌딩들은 적자생존의 법칙을 되새기며 부피를 늘려갔다 세상의 모든 바퀴는 바닥을 기어다녔고 맞선을 보는 여자들은 숟가락을 만지작거리며 음식을 남겼다 남자들은 가정을 책임지기 위해 쥐새끼가 되었고 날마다 갈았던 이빨로 다른 사람의 뒷다리를 물었다 경제 성장 곡선을 발기시키기 위해 젊음을 바친 남자들은 발기 불능이 되어갔고 여자들은 마네킹을 닮게 성형 수술을 해 댔다 음지에선 콩나물이 자라고 사람들은 떡잎이 노란 그것으로 속을 달랬다 하늘이 닿는 곳에서 빈 깡통과 방부제가 쌓여갔고 녹과 먼지만 남긴 세월이 휘파람처럼 지나갔다

여우야 여우야

날마다 술 먹고 두들겨 패는 남편을 피해 집을 나간 보
성댁을 어머니는 미친년이라고 하였다 새끼들 두고 지가
잘 살면 엄마나 잘 살겠다고 미친년이 화냥끼가 발동한 것
이재 어머니는 바람에 열린 방문을 소리나게 닫았다 나는
가래침처럼 쪼그리고 앉아 어머니 같은 여자와 살고 싶다
는 생각을 하였다

여우야 여우야 뭐하니? **꿈꾼다**
무슨 꿈?

그녀는 나에게 보낸 편지에 **나는 당신을 위해 살 것이며
당신이 하는 모든 일을 따르렵니다**고 하였다 나는 사랑은 종
속이 아니라고 말하였지만 내심 흐뭇하였다 여자들은 대
개 연상의 남자와 결혼을 하였고 그 이유를 **여자들이 정신
연령이 높기 때문**이라고 하였다 결혼한 남자들은 무언가 붙
잡거나 매달기 위해 못을 박아 댔고 혼자 사는 여자들은
스스로 망치를 잡았다 못이 박힌 곳마다 상처가 생겼다

여우야 여우야

소풍
– 지나 공주 1

전쟁이 시작되었네
칼은 다른 칼을 없애려 하였지만
칼이 원한 건 지나 공주였네

지나 공주는 할아버지를 지나
지나 공주는 아버지를 지나
지나 공주는 천년을 지나도록
이제는 내가 훔칠 창녀
지나 공주는

일생이 싸움뿐인 아버지는 제사장이었네
해마다 주산이 홍의를 걸치면
우리는 비까래성에서 산신제를 지내지

아움이 이아안 위
이에을안 암아있에

이에을은 억어아오
아이에안 읋은아에

우리는 노래를 부르며 공주가 탈 가마를
꽃으로 장식하였네
꽃들의 몸 안에 꿀이 고여 있었네

오늘은 비까래성에 제를 지내러 가는 날

싸움이 지나간 뒤
시체들만 남아 있네

삼사모탱이를 지나자 폭주족들이 나타났네
이아 이아 가마 속에서 낮은 신음 들려왔네
가마의 속도가 빨라지고 가마는 붕붕 하늘로 날려 하였
네
폭주족 중엔 나의 형제도 있었지만
그들의 신앙은 그들이 탄 말이었네
앞발을 높이 들고 몇 마리의 말이 길 밖으로 굴러가고

쉬지 않고 가마는 나아갔네
우리는 비까래성에 도착했네

가마를 빙빙 돌며 춤을 추었네
땅을 파며 술을 마셨네
가마가 열리고 지나 공주 나왔네
아버지가 말했네
―항아리를 묻고 상여를 태워라

싸움이 지나간 뒤
시체들만 남아 있네

시체들은 썩어가고
파리 떼만 끓는다네

춤을 추던 나는 사금파리 밟았네
사각사각 나를 먹어 대는 사금파리
천천히 나를 먹는
나의 창녀 지나 공주

아버지는 나에게
– 지나 공주 2

(대숲에 커다란 항아리 있었네 변기통이었던 몸 한쪽이 찌그러진 항아리 비가 오면 비를 담고 바람 불면 싹 트지 않을 씨앗을 받았네 끈끈한 어둠이 가득 차 그 무엇이 들어가도 흔적 없는 항아리 밤이 되면 댓잎의 머리칼 날리며 한 여자가 나온다네 찰랑거리는 달빛의 음성으로 노래를 한다네)

아버지는 나에게 냄비를 주었어요
아버지는 나에게 불을 주었어요
아버지는 나에게 고구마를 주었어요

배부른 나는 아기를 낳았죠
그 아기가 아버지가 될 때까지
끓고 있는 냄비처럼 나는 즐거웠죠

깔깔깔 웃어 대면 고구마가 익었지요
한 입 가득 한 입 가득 고구마를 먹었어요
내가 낳은 아기가 양식이 될 때까지

다 닳은 냄비처럼 나는 그을렸죠
고픈 배 채우려고 빈 달빛을 마셔 댔죠

쨍강쨍강 우는 아기 나를 먹고 자라났죠

아버지는 나에게 고구마를 주었어요
내 안에서 익은 고구마 둥그런 달이 됐죠
녹슨 숟가락으로 평생을 파먹었죠

아버지는 나에게 고구마를 주었지요
아버지는 나에게 숟가락을 주었지요
숟가락은 쉬지 않고 나를 파먹었죠

아버지는 나에게……

나는 별을 따려 했어요
- 지나 공주 3

저 뜨거운 돌, 태양을 따서 그녀에게 주기 위해
나는 감나무 위에 올라갔어요
손을 위로 뻗어 나는 타오르는 별을 땄었는데
차갑게 익은 감이었어요
한 입 베어 먹으니 혀끝이 설탕처럼 녹아들었어요
그녀는 팔을 벌려 소리를 질렀어요
잘 익은 감을 따서 그녀에게 던졌지요
그녀가 받은 건 단단한 흙덩이였어요
나는 더 높이 올라갔어요
내가 올라갈수록 그녀의 몸뚱이는 납작해졌어요
나는 더 많은 감을 따서 그녀에게 던졌어요
붉은 흙덩이를 먹어대던 그녀의 얼굴이 붉어졌어요
나는 별을 따기 위해 나무에 올랐는데
내 손 닿는 곳엔 붉은 감만 있었지요
나는 우듬지까지 올라갔어요
씨앗이 든 감을 따서 그녀에게 주었지요
흐릿하게 보이는 그녀의 얼굴에서 풀이 돋았어요
나무의 그림자가 그녀의 몸 쪽으로 뿌리를 뻗었어요
나는 남은 감을 모조리 따기 시작했어요
그녀를 칭칭 감은 검은 뿌리들

해가 지기 시작했어요
하나 남은 감을 톡 땄었는데
그것은 별이 아니라 감이 아니라
붉게 상기된 그녀의 얼굴이었어요
나는 감나무 아래를 내려다보았죠
감나무 가지를 지팡이 삼은 늙은 여자가
눈동자 속에 허공을 담고 있었어요

아늑하지? 나의 공주야
- 지나 공주 4

아늑하지? 나의 공주야
이토록 따스한 마구간은 없을 거야
그녀의 몸을 나는 채찍처럼 쪼아 댔지요
울어라 울어 나의 창녀야

그녀를 만난 순간 나는 그 자리에서 풀이 되었어요
낮은 바람에도 온몸이 울어 댔죠
그녀가 가는 곳 어디든 갈 수 있다면
살아온 날 칭칭칭 새끼로 꼬아 그녀에게 주었지요

채찍이 된 나를 그녀는 목에 감았죠
채찍이었는데 뱀처럼 독이 든 채찍이었는데
그녀의 몸에 닿아 새순이 돋았지요

그녀는 푸릉푸릉 울어 댔죠 죽여 버리겠다고
너무 좋아 죽여 버리겠다고 죽여 버리고
죽고 싶다고 푸릉푸릉 울어 댔죠

나의 공주야 너의 입김에 봄풀들 돋아나고
너의 향기를 흉내 내며 꽃들이 피어나지

무덤의 흙처럼 부드러운 너의 몸

이토록 따스한 젖무덤은 없을 거야
그녀의 몸에 파고든 나는
무성한 뿌리를 혀처럼 날름거렸죠
까슬까슬 바람에 날릴 이 팍팍한 흙덩이야

아버지의 방
– 지나 공주 5

대문 앞엔 밤이면 늑대가 나타났죠 늑대가 울면 불행해
진다고 아버지는 작대기로 늑대를 쫓았어요 아궁이 앞에
앉은 그녀에게 아버지가 말했어요 불을 꺼뜨리지 말아라
불이 꺼지면 저놈의 늑대가 너를 덮칠 것이다 돌멩이 같은
어둠이 너의 목구멍을……

우리 지나 우리 지나 불을 끄지 말아라
네가 키운 불이 너를 살릴 때까지
우리 지나 우리 지나 불을 끄지 말아라

미끈한 항아리를 구워 삼킨 언니들은
노래하는 항아리를 몸에 담은 언니들은
앵무새 같은 옷을 입고 언니들은
구름 위를 걷듯이 차례로
아버지의 지붕 아래 방으로 들어갔어요

생 솔가지 매운 연기 눈을 핥고 지나가도 한 번도 아궁
이를 떠나지 않았죠 검불뿐인 나무들은 순식간에 바닥나
고 부삭 앞에 앉은 그녀 팔을 떼어 불을 피고 발을 잘라 불
을 땠죠 불을 때며 불을 때며 깃털 옷을 만들었죠 평생을

입어도 닳지 않을 깃털 옷

그녀가 지핀 불이 다른 불을 살리고 아궁이 안에서 항아
리가 나왔어요 바람 소리에도 휘파람을 부는 항아리 그녀
는 언니들처럼 항아리를 먹었어요

항아리를 먹자 젖가슴이 돋았어요
항아리를 먹자 몸에서 불덩이가 솟았어요
항아리를 꿀꺽하고 항아리를 먹자 문득
아버지를 안고 싶었죠

깃털 달린 옷 입고 아버지 방으로 들어갔어요 언니들은
보이지 않고 고방처럼 깊은 곳에 거미줄이 가득한 항아리
만 보였어요
외투를 벗어라
아버지는 그녀 안으로 손을 뻗었어요 그녀 안의 항아리
가 릴리리 노래하고 아버지는 그녀에게 지붕이 되었어요
봉숭아 꽃망울 터지는 소리에도 눈물 찔끔 나곤 했죠
아버지는 그녀의 젖을 먹기 시작했죠 아버지가 그녀를
뜯어먹고 삼키어도 그녀의 항아리는 리리릴리 노래했죠

쏟아지는 화살들 맞지 않기 위해
그녀는 늘 지붕 안에 있었죠
꽃 피는 봄날에도 꽃비가 두려웠죠
천년을 고방에서 노래하는 항아리
오선지 같은 거미줄 항아리에 가득했죠

돌 속에서 그녀는
– 지나 공주 6

우렁이처럼 말 없는 그녀는 길을 버리고
돌 속으로 들어갔어요 돌 속엔 뜨거운 불,
천장에 뜬 불로 눈을 밝히고
불을 피워 불을 피워 청춘을 구워 냈죠
갓 삶은 행주처럼 흰 얼굴의 그녀는
온몸이 검어지도록 청소하고 빨래했죠
평생 입을 깃털 옷은 장롱 속에 박혀 있고
습기 많은 돌 속에서 방부제를 먹어 댔죠

  그녀의 몸에 붙은 시간의 거머리들 말라 가는 그녀는 돌
가루를 잘게 빻아 얼굴에 바르고 지렁이의 즙을 내어 입술
을 축이고

사냥 나간 아버지가 잡아 온 것은
박제된 독수리 박제된 고양이
박제된 뱀처럼 몸에 스민 그에게
돌 속의 그녀는 팔찌 빼어 내어줬죠
으애 으애 노래하며 패물 팔아 양식 사고
그래 그래 노래하며 돌 속에서 잠을 잤죠

돌 속에는 산처럼 쓰레기가 쌓여가고 허공을 길로 만든
나무의 뿌리 천천히 돌 속에 금을 내며 스며들고

  그녀의 피부처럼 하이얀 그릇들
  털 빠진 깃털 옷으로 기저귀 만들고
  앵무새 같은 입으로 자장가를 불렀지요
  옷이 없는 그녀는 외출하지 않았죠
  천년을 꼼짝없이 미라가 되어갔죠

  돌 속의 그녀 몸에 스미는 빗줄기 돌 속의 그녀 몸에 이
끼가 자라고 돌처럼 딱딱한 몸뚱이 팔꿈치 무릎에서 삐걱
이는 소리들

  시간의 거머리들 이마에 달라붙고
  공주도 창녀도 되지 못할 그녀는
  삐걱삐걱 걸어가며 입을 닫고 노래했죠
  돌 속에서 돌 속으로 천년을 살아왔네
  무덤에서 무덤으로 천년을……

딸기 한 마리
– 지나 공주 7

총을 든 아버지는 사냥에 나갔다네
총을 든 아버지들 돌 밖을 지나갔네
제국의 나무들이 식민지에 뿌리 내리고
총소리가 울릴 때마다 입술 붉어진 봉숭아
꽃물 든 손톱을 가진 그녀는

돌 속에서 그녀는 앞니를 뾰쪽하게 갈고
야성의 야성의 이빨로
나무들을 짐승들을 돌멩이를 물어뜯어!
천년을 돌 속에서 보낸 그녀는
벽이 된 돌멩이를 물어뜯어
뱀처럼 큰 입으로 돌멩이를

식민지의 아버지들 제국의 병사가 되었네
전쟁은 계속되고 온몸에 송송 구멍 뚫린 그녀는
그녀는 둥근 울음으로 된 항아리
구멍 난 항아리를 계속하여 때웠네

죽은 새들이 노래하며 지나가고
날카로운 손톱으로 아버지 등을 찍어

꽃물 핏물

오랫동안 갈아 온 이빨로 그녀는
딸기 한 마리 덥석 물었네
질질 피 흘리며 사로잡힌 딸기
입술과 손에 피를 묻힌 그녀는

그녀는 부지런히
– 지나 공주 8

그녀는 산다 오동나무 베어낸 자리 그녀를 낳은 아버지
와 그녀가 낳은 아버지 사이 그녀가 산다 그곳, 흰 무지개
뜬 하늘 아래

(그녀는 부지런히 농장에서 일했지요 까맣게 그을은 몸 햇살
아래 밭을 갈고 겨울이 오기 전에 추수를 끝냈지요
그녀는 부지런히 공장에서 일했지요 미싱 바늘 손가락을 쑤
시며 지나가도 밤을 새워 뜬눈으로 옷가지를 만들었죠
그녀는 부지런히 상점에서 일했지요 포장하며 웃어 대며 피
곤을 감추고서 쌀을 팔며 옷을 팔며 청춘을 보냈지요)

쥐 한 마리 땅속으로 파고들어 찔레꽃 되어 피어나고 쥐
한 마리 상추가 되어 날개를 펄럭이고
우걱우걱 시간을 먹는 흰 소
구름 위를 걸어가는 소의 입속에서 쏟아지는 쥐 떼
흰 무지개 뜬 하늘

꼬리에 꼬리를 물고 쥐들이 지나가고,
(사람들은 그녀를 건강하다 하였지요 사람들은 그녀를 끈기
있다 하였지요 사람들은 그녀를

그들은 그녀에게 쌀을 사 갔지만 그들은 그녀에게 옷을 사 갔지만 그들이 가져간 건 부패를 모르는 그녀의 몸)

그녀가 있었다 사람들은 그녀를 다른 사람이라고 생각 했다 사람들은 그녀를 사람이 아니라고 생각했다
  (노래를 부르지 마라 노래는 세월을 읽어 버리는 더러운
  (돌멩이를 만지지 마라 돌멩이는 움직이지 않는
  (아버지

  )))흰 무지개 뜬 하늘 아래 그녀가 있었고 울고, 울었고

태양을 먹는 쥐
— 지나 공주 9

수백 마리의 쥐들이 딱딱한 태양을 갉아 먹는다 무언가를 갉아 먹지 않으면 자라나는 이빨이 턱을 관통해 죽지 않기 위해 쥐들은 피 질질 흘리며 한 접시의 태양을 말끔히 갉아 먹는다 몸이 부푼 쥐들은 바람 많은 날이면 일제히 투명한 알을 낳는다 굵은 빗방울

천 년 동안 천 년의 빗방울이 떨어지고
알을 품지 못하는 나는
그 무엇이건 쓰레기로 만들 수 있는 나는
그녀에 대해 말하고 싶은 것이다
사라지지 않는 나의 창녀 지나 공주를
(돌까지 뜯어 먹는 쥐에 대해, 투명한 알을 낳는 쥐에 대해, 쥐알이 없으면 살 수 없는 사람들에 대해, 쥐알을 먹기 위해 허겁지겁 쥐 떼를 좇는 사람들에 대해, 쏜살같이 쥐 떼가 지나간 뒤 남은 그녀에 대해)

가령, 지나 공주의 이야기는 이러하다 그녀는 사랑에 실패하였고 결혼을 하였다 아버지에게는 다른 여자가 있었고 그녀는 아이를 낳았는데 아이는

세상에는 아버지와 아버지 아닌 사람만 있다 그녀는 눈물의 아이를 낳았고 아버지를 키웠다 밤이 되면 천장을 쿵쾅거리며 쥐들이 지나가고 돌 속엔 보이지 않는 쥐들의 똥이 쌓이고

뜨거운 돌 위에서 저 혼자 부화하는 쥐알들 돌 속엔 쥐알이 없고 사각사각 쥐들이 돌을 먹는 소리 너무 많은 소리 들어 귀 먹은 그녀는 죽지 않고 쥐똥처럼 딱딱해진 몸뚱이를 굴리며

뻣뻣하고 날카로운 바람이 불어 뿌리 굵은 나무들 하나둘 쓰러지고 깃털 없는 새들이 처마에 앉아 울고 금이 간 돌 틈에서 쏟아지는 쥐똥들,
아름다워라 검고 딱딱한 저 눈물 방울들
방마다 이불마다 지지 않는 저 꽃들

가령, 지나 공주는

축제
– 지나 공주 10

붉은 언덕을 푸른 혀로 쓰윽 핥아 버리는 풀들
돌 위의 이끼는 한껏 몸을 부풀리고
돌을 깨고 해 아래로 걸어 나온 여자들
여자들은 노래하며 거리를 물들이네

세상의 남자는 두 사람이 있지요
여자를 공주로 섬기는 사람
공주를 창녀로 만드는 사람

절반만 빛났던 지구 위에서
지나의 딸들은 발을 높이 드네
돌 위에 돌을 던져 리듬에 맞춰
바지 입고 춤을 추며 행진을 하네
돌은 쌓여 무덤 되고 오늘은 축제의 날

고기 먹고 술 먹고 즐거이 칼을 들고
날카로운 풀잎들이 거리를 베어 내네
돌 뒤에 숨은 나는 눈만 내밀고
돼지 멱따는 소리 들리는 봄날

죽어 양식 된 자는 모두 어미네
마늘을 먹었을까 볼이 붉은 여자는
어머니처럼 내 눈앞에 흰 젖을 내보이네
불꽃같은 내 눈동자 눈물 맺히고
별이 솟는 소리에도 가슴이 뛰었네

여자를 공주로 섬기는 사람
공주를 창녀로 만드는 사람

태양처럼 부신 가슴 잊지 못하고
돌 뒤에 숨은 나는 수음을 하네
잎맥이 드러난 나뭇잎 편지
태양 가슴 그녀에게 띄워 보내네
내가 보낸 편지는 종이비행기
내 마음에 밑줄 긋는 종이비행기

세상의 남자는 두 사람이 있지요

나의 공주 그대는 노래를 하네
그대의 입에서 파닥이는 물고기

그대의 손끝엔 발랄한 공기들
내가 보낸 연서는 고지서였네
나무들은 그대 만나 나무가 되고
새들은 그대의 노래 부르네

돌을 안은 나는 숨어 그대 부르네
수음하던 손에는 꽃다발 들고
창고에는 썩지 않는 풍성한 죽음들
손톱 발톱 엮어 만든 빛나는 목걸이

이아이아 노래하며 바지 입은 그녀는
돌 속의 드넓은 왕국으로 왔네
항아리 같은 엉덩이 피가 도는 봄 언덕
석류꽃 붉게 핀
그녀의 몸 어딜 만져도 노래가 나왔네

공주는 처음으로 창녀가 되고
그녀는 옷을 벗고 나는 노래 불렀네
세상의 남자는 한 사람이 있지요
달디단 노래하며 나의 혀는 칼이 되고

그녀의 몸에서 간을 빼었네

제4부

상처가 나를 살린다

붉은 시월

남들은 허리 구부러진다는 일흔 문턱에
어머니
무릎까지 뻣뻣하지요
높은 산 조상들 무덤 끝에서
걸어 내려온 단풍들
함께 먼 길 가자고 떠나가자고
손을 내미는 시월
관절염 신경통에 다리 굽히지 못하는 어머니
하늘 몹시 찌뿌린 날이면
어기적어기적 측간에 가서
반쯤 서서 똥 누지요

그 가시내

그 가시내 무척 예뻤네
솟기 시작한 젖가슴에 내 가슴 동동거렸지
십 년 넘도록 말 한마디 못 했네
만나면 내 먼저 고개 돌리고
몰래 쓴 편지는 달을 향해 쌓여졌네
내 비록 고무줄 툭툭 끊어 놓았지만
그 가시내 눈만 보면 토끼처럼 달아났네
비 오는 날에도 햇살 왜 그렇게
왜 그렇게 따가웠을까
중학 시절 풀빵 보면 그 가시내
오동통한 보올이 떠오르기도 했지만
내 마음은 언제나 물 오른 버들가지
발걸음 소리에도 몰래 혼자 떨었다네
너무 오래 좋아하면 그 사람 멀어지네
그 가시내 무척 이뻤네
졸업하고 헤어졌네
그뿐이었네

상처가 나를 살린다

　모서리를 돌아서다가 튀어나온 돌멩이를 보지 못하고 무릎이 찍혔다 아직 손등의 상처가 다 아물지 않았는데 몇 방울 피 맺힌 것을 보고 아내는 칠칠맞다고 했다 나는 몸에 큰 흉터 있으면 오래 살 거라던 점쟁이의 말을 들어 다내가 살아남으려고 액땜한 거라 말했다 기억의 아슴한 산모롱이를 돌아 나올 때부터 지금까지 몸의 어디건 상처 하나는 가지고 살아왔다

　뒤돌아보면 상처의 길이 아득하다 지나간 희망이나 사랑은 모두 내 몸에 붉은 금을 그었다 아프다 내 오랜 사랑인 그대를 생각하면 세상을 다시 살고 싶어진다 아픈 것이 어디 내 몸뿐이랴 내 발에 채인 돌은 느닷없는 발길질에 얼마나 놀랐을까 나와 만나 깨어지거나 버려진 자들은 얼마나 많았던가 나와 만나면 모든 것이 망가졌다 타 버린 담배 폐차된 자동차 망가진, 그대

　으스러지거나 커다란 흉터가 남은 게 아닌데
　작은 상처에 아파했던 것은
　죄스러운 일이다 혼자인 밤이면
　상처 입은 짐승들이

주위를 가득 채운다

따뜻하다

카페 이대흠

카페 이대흠은 그대 안의
한 모퉁이에 있다

카페 이대흠의 출입문은
검게 손때 묻은 나무로 되어 있으며
문을 열고 들어서면 새를 그린 그림이 있고
남서쪽 구석진 곳에 오래되고 큰
발동기가 놓여 있다

쟁쟁쟁 행진곡이 흘러나오고 사람들이
모서리를 찾아 술을 마시는 동안
불길 같은 싸움이 있었고 학살이 있었다

술 취한 사내들은 발동기를 보듬고
어머니어머니 울부짖기도 하고
이따금은 비틀거리며
생 밖으로 걸어가기도 한다
그때마다 푸득푸득 그림 속의 새는
바다 속을 난다

술에 찌든 듯한 사내가 들어와
시켜 둔 식사는 하지 않고 연거푸
술을 마셔 댄다 사내는 오래된 단골
순식간에 폭삭 늙는다

푸성귀를 가져다주는 늙은 여자는
자기의 젖통만큼 쭈글쭈글한 야채를
묻지도 않고 내려놓는다
결국 그녀는 자신의 목숨을
통째로 내려놓고 사라진다

어두침침한 곳에 자리를 잡고
등 굽은 식물들이 담배를 피워 댄다
안개처럼 자욱한 연기 속에서 몇 번의
선거가 있었고 쿠데타가 있었다

오래전에 이 카페는
문을 닫을 뻔하였다 지독한 누수가 있었고
몇몇이 달려들어 막아 보려 했지만
어림없었다 그때 이대흠은

절반쯤 썩었다

그것은 그다지 불행한 일이 아니었고
설령 사라졌다 해도
통분할 필요는 없다

삐걱대며 이대흠의 문이 열리고
근육질의 사내가 들어와 가래침을 찍 뱉는다
카페 이대흠은 긁히고 찔린 데 너무 많아
상처의 집이다
자신의 가래침을 밟으며 사내는 쿵쿵쿵
천장으로 올라간다

창문이 있는 곳에는 이상한 짐승이 산다
줄담배를 피워 대며 그 짐승은
세상에 없는 것을 가져와야 하는 벌을 받고 있다
신이 되려 한 죄의 대가다 그가 가져오는 것은
시라는 풀인데
먹어도 배부르지 않다

이대흠의 화장실은 재래식이다
날개가 상한 짐승들이 낙서를 하고
마음속 어떤 일념들을 버린다 그곳엔
지켜지지 않는 맹세들이
너나없이 뒤섞여 있다

연인들은 구석에서
서로의 엑셀러레이터를 찾고
붕붕 소리를 내며
창밖으로 날아가기도 한다

문을 열면 또 문이 있고 그 문안에
다른 문이 있다 몇 개의 문을 지나 구석에
아주 허술한 문이 있는데
그 문을 열어 본 사람은 아무도 없다

카페 이대흠에 오신 것을 환영해야 하나
누구든 이곳에서는 영혼의 다이어트
차를 마신다 때로는 바짝 말라 버리는
부작용이 생기기도 한다

카페 이대흄은 그대의 내부
그 어두운 곳에 있다
때로 그대가 급작스런 브레이크를 밟아
카페 이대흄은 그대 밖으로
엎질러지기도 한다

환한 죽음

술안주로 먹으려고 사 온 조개를
수돗물에 담그자
그것들 일제히 입을 다문다

몸 밖은 죽음

제 안의 어둠을 파먹으며
이승의 삶을 잠시 버티는, 그

불에 닿자 퍽 소리를 내며
다 놓아 버리는
온몸을 환히 열어 보이는

악착같이 잡고 있던 것이
생이라는 암흑이었구나

먼지

비 내리고 먼지들이 모여 언덕을 이룬 곳에 민들레 피어
난다 노오란 저 먼지를 바라보며 먼지인 내 몸이 바람에
흩날린다 영혼의 먼지가 조금씩 조금씩 몸 밖으로 새 나간
다

먼지들이 만발한 몸
밤이 오면
하늘에 반짝이는 먼지들 아래
그대에게
먼지의 입으로 고백을 하리

현

나는 한사코 고개를 숙여 꽃을 보았다
젖은 꽃 속에 더 젖은 꽃의 살
호! 흡!
숨이 멎을 것 같았다
절하며 고개 조아리며
꽃 앞에 무릎을 꿇었다
데였다
뜨거워 부풀어져서 그만
봄을 다 흘리고 말았다
꽃 속이었다

땡볕

아버지는 외상으로 세상을 사려 하고
인자외상안준다고늑아부지오락하그라 나는
빈 주전자로 하루를 살았네

햇살 따가워 팔월
허공에 허공에 동그라미 동그라미
챙챙챙 꽹과리 소리
어지러워 나는 어지러워

떫은 감 먹고
마당을 돌았지

아지랑이

더운 뱀 숨결이 바람 안치는 소리
랑랑랑
랑랑랑
불을 삼킨 뱀
랑랑랑
보리밭 가 라디오에 끓는 잡음
나를 무는 나를 무는
랑랑랑
랑랑랑
더운 뱀 숨결이
더운 뱀 숨결이

외또르

묵은 그 나무에 들어 소리에 취했으면
소리에 갇혀 소리에 묻혀 외또르 외또르
그대와 나 꽃이나 새겼으면

가지 위에 가지가 포개어지듯
그대 곁에 몸 누이고
돌돌돌 돌돌돌 천년을 꼼짝도 없이
시간이 시간을 베어 먹듯 그대
입술이나 훔치며

맨 처음 핀 매화, 꽃잎에 스민 봄 강물
그 물에 멱 감고 맨 처음 소녀와 소년이 되어
시큼한 봄날 보냈으면

외또르 외또르
스미는 새소리에 귀 쇠고
바람 훔친 물소리에 홀리어

풍경 소리
저문 강 물들이는 늙은 소의 울음소리

번지는 그 강가
묵은 그 나무 속에

시집 『상처가 나를 살린다』와 『물속의 불』에서 골라 묶는다.

1997년부터 2007년까지 쓴 시들이다.

이게 10년 작업의 결과물이라 생각하니, 손가락 사이로 모래알이 빠져나가는 것 같다.

더 흘려보내야 하리라.

이 시집 2부에 실린 시들은 「물속의 불」이라는 한 편의 장시인데, 5·18에 대한 신화적 상상력의 소산이다. 읽기 편하게 제목을 달아 분리했다. 3부에 실린 「지나 공주」 연작과 함께 2001년에 나의 두 번째 시집으로 묶였어야 했으나, 그러지 못했다.

2부의 「물속의 불」과 3부의 「지나 공주」 연작은 첫 시집 『눈물 속에는 고래가 산다』 직후의 시들이다. 나는 그 무렵 시라고 믿었던 것에서 벗어난 시를 찾고 있었다. 『삼국유사』, 『삼국사기』, 『제주 무가』를 비롯하여 한국과 중국, 일본 등의 신화에 기댄 바가 적지 않고, 수메르, 인도, 북유럽의 신화 등 오래된 기록 들을 찾아 읽었다. 시어의 확장을 꿈꿨다.

반면에 1부와 4부의 시들은 언어를 최소화하려 고민하고 썼던 시들이다. 말을 줄이고 음악만 남은 시를 쓸 수는 없을까? 그 문제를 오래 고민했다. 말하지 않는 시, 듣는 시의 가능성에 대해 생각했다.

패배가 빤한 싸움을 다시 하고 있다. 더 가겠다.

2025년 2월

이대흠

동그라미

초판1쇄 찍은 날 | 2025년 2월 21일
초판1쇄 펴낸 날 | 2025년 2월 27일

지은이 | 이대흠
펴낸이 | 송광룡
펴낸곳 | 문학들
등록 | 2005년 8월 24일 제2005 1-2호
주소 | 61489 광주광역시 동구 천변우로 487(학동) 2층
전화 | 062-651-6968
팩스 | 062-651-9690
전자우편 | munhakdle@daum.net
블로그 | blog.naver.com/munhakdlesimmian

ISBN 979-11-94544-08-1 03810